南方辞

谭功才 著

长江出版传媒
长江文艺出版社

图书在版编目（CIP）数据

南方辞 / 谭功才著. -- 武汉 ：长江文艺出版社，
2022.4
ISBN 978-7-5702-2391-6

Ⅰ. ①南… Ⅱ. ①谭… Ⅲ. ①散文集－中国－当代
Ⅵ. ①I267

中国版本图书馆 CIP 数据核字（2021）第 185066 号

南方辞
NAN FANG CI

责任编辑：谈 骁　　　　　　　责任校对：毛季慧
封面设计：祁泽娟　　　　　　　责任印制：邱 莉　　王光兴

出版：长江出版传媒　长江文艺出版社
地址：武汉市雄楚大街 268 号　　　邮编：430070
发行：长江文艺出版社
http://www.cjlap.com
印刷：湖北新华印务有限公司

开本：880 毫米×1230 毫米　　　1/32　　印张：8　　插页：4 页
版次：2022 年 4 月第 1 版　　　　2022 年 4 月第 1 次印刷
字数：162 千字

定价：58.00 元

谭功才

土家族，原籍湖北建始，现居广东中山。中国作家协会会员。著有散文集《身后是故乡》《鲍坪》等多部，曾获中国首届土家族文学奖等奖项。

目 录

第一辑　萍踪影迹

第一辑

萍踪影迹

常营

1993年刚过完正月十五，我就背着棉被和煮熟的腊肉、鸡蛋，以及换洗的衣物，坐上了县城开往宜昌的长途客车。我将从宜昌搭乘前往北京的火车，去一个完全未知的世界。我根本就无法揣测我的未来，包括我那个说不出口的梦想，究竟会成为怎样一种走向。我知道，只能往前走，再无任何退路。

小时候一直觉得北京就是个神秘且遥望的远方，当某一天我将要去到那里，不免有种不真实的感觉，就像对未来生活的不确定。我要去的那个地方叫常营。我的工作是跟着带我去北京的人做架子工，说起来还是费了不少劲才逮住这样的机会。那阵子山里人去到宜昌的都不多，更不要说去北京还能找着活儿干，想起来都兴奋。辛苦是实在，却能每个月挣上好几百块钱，对当时在学校工资不到百元的我来说，无疑有着太大的诱惑。

经过几十个小时的煎熬后，我们终于来到了北京火车站。尽管已是子夜时分，甫一下车，我就感觉来到了一个全新得无法想象的地方。整条街灯火通明，由明到暗渐渐消失在沉沉的夜色里。我们要去的地方叫常营。我们无法具体说出一个地方的大，常用一个叫"海"的词。而那晚从火车站到常营，就让我感到了北京的"海"大。后来才知道，常营不过是北京朝阳区的一个行政乡。这让我儿时读书对北京的敬畏和神往，有了一点点具体的感觉。

回想起在宜昌上火车站前的广场上，我挑着几十斤的行李，随着巨大的人流狂奔，在你死我活的拥挤和混乱中，为了能搭上那趟去北京的列车，眼睁睁看着棉被和母亲为我备好的吃食，被汹涌的人流给活生生拆散。而在襄阳火车靠点，火车因严重超载无法再次启动，又眼睁睁看着手执警棍和木棒的乘警，硬生生将火车连接处的乘客赶了下去。由于挤上火车的乘客太多，封闭的车厢导致呼吸困难，而且汗流浃背，有人找出随身携带的工具锤，将一侧的玻璃窗敲破，寒风汹涌而入，又将我们带进另一种痛苦。这短短的几十个小时发生的故事，远远超过了我二十多年来经历的总和，以至于很多年过去直至今天，只要一想到这里，就感觉历历在目。

公共汽车早就收摊了，我们只好背着剩余的行囊，迈着沉重的脚步和轻飘的躯体，一步一步丈量着望不到尽头的街道。望着出租车时不时从身边晃过的身影，心里滚过阵阵寒意。凑齐路费已是万分艰难，哪里还敢有一丝的奢望？一条青年路，就用了近两个小时。走惯了山路的我们，面对城市水泥路面的笔直和宽敞，却是如此狼狈。

同乡带我们去的地方是铁道部建厂局，实际上就是做建筑的。局下面设有处，处下面还有队，我们就属于一处三队。没念过几天书的同乡，跟着他姐夫在北京混了好几年，走在我和另外一个兄弟前面，就像回到自己的地盘，与我们聊着那些年在北京的趣事。一直没弄明白，我们那个交通不便信息又封闭的地方，同样没读过几天书的他姐姐，当年又是怎样嫁到河北的。

我们几乎是拖着疲踏踏的脚步，疲惫不堪地抵达工地驻地的。呈现在我眼前的，是一排矮矮的铁皮棚子屋。进得里面，两排铁架子床上，是早已熟睡的工人。借着昏暗的白炽灯光，看得见墙上挂满了黄色头盔和不同型号的扳手。我马上明白，一觉之后，我就是这支队伍中的一员了。

我们的活计就是把那些长三米、五米不等的钢管一根根用钢接头和钢卡扣或横或竖地驳接，围绕整幢楼搭好架子。它有个比较好听的名字，叫脚手架，而服侍它们的人，就叫架子工。此前的我，还站在乡下一间中学的讲台上，似乎一个急转身，就要干一件许多人看来不着调的事情。二十世纪八十年代，不知从哪里刮起了一阵文学风，我毫无任何意外地被卷了进来。原本在乡下也可以过着一份稍微体面的生活，但那终究不是我想要的，或者说我有着不足为外人道的某种隐痛，经过多次的纠结和权衡，最终迈出了最为艰难的第一步。

正月的北京，首先迎接我的是比老家更冷的北风。特别是当架子搭到一定高度，那冷风径直从裤管底部往上蹿，双手握住冰冷的钢管，一直要熬上几十分钟，浑身才渐渐暖和，手指也才会渐渐发热，然后由疼慢慢转为疼中带痒，直到太阳升得老高，才感到得心应手。为了持续御寒，再累也没法停下手中的活计。

午餐和晚餐，照例是白面馒头加炒菜，也有米饭，北方人很少去吃。在我老家吃得起馒头和大米的是富裕人家，现在，餐餐馒头和大米饭，似乎又有些怀念老家的红苕洋芋了。其实，吃什么并没有多重要，整天与扳手和钢管打交道，蛮辛苦倒也说不上。也就一个星期左右，慢慢开始习惯。随着时间往前推移，单调和寂寞就渐次丛生。工棚里属于自己的，就是一张床而已，这让我极度不适应下班后的生活节奏。还好出门前带了几本书，是塞在背包里的。在宜昌挤火车，背包就背在身上。有邱华栋的《不要惊醒死者》，陈应松的《梦游的歌手》，还有尚建国的《蓝色梦幻》。那时候刚学写诗歌，不管看不看得懂，硬着头皮也要读。躺在硬邦邦的木板床上，那几本书翻过来翻过去地读，然后就在笔记本上记录当天的感受。

自小学四年级爱上作文后，就渐渐萌生出要当作家的梦来。初中二年级，这个画饼充饥般的梦，竟然在我的无知中裂变为一种畸形。我也为此付出了补习一年的代价，依然未能从中吸取教训，在高中时依然我行我素。走过太多弯路，我却看不到未来的出口，仍跌跌撞撞着踉跄前行。在常营最初一个多月里，几乎每个夜晚都在检点自己的过往，然后又谋划着将来，尽管清晨醒来依旧回到原点。这似乎是没有钱又能打发时间的最好办法。当然，另一种办法，就是放任头发和胡须野蛮生长。那样的话，我就能以最快的方式与铁融为一体。只有忘记或者淡忘过去，彻底从里面走出来，才会迅速成长为一个全新的自己。

发可以不理，衣服却不能长时间不洗。没有洗衣粉了，甚至买邮票的钱也掏不出。那时当我得知热恋中的女友在我刚到北京后不太久就去了广东，整个人的状态，感觉到浑身就像长满了各种各样的刺，只想找个地方蹭蹭。前后煎熬了一个半月，才在领班那里借支到几十块钱，直到那封写满我思念和爱意的信丢进了邮筒，心才稍稍平息了下来。接下来没过几天就开始扳着指头计算着回信的归期，每天收工回来第一件事，就是跑去收发室那个窗台上找自己的名字。一天两天三四天，五天六天七八天。胡须长了两寸，头发长了五寸。我就与同去的阿文互相安慰，等发了工资坚决要撮一顿，去把这艺术家的长发剪掉，然后去照相馆新生。

就在发工资前几天，来自四川的老郭，邀请我们去他家里喝酒。老郭原名郭民党，属于有编制的老职工。他儿子小郭与我们同班，语言和地域将我们很好地胶合到了一起。那天下午收工，我们就急不可耐地赶往双桥，老郭在那里有一个属于自己的家。老嫂子早就准备好了火锅和各式肉食，我们直接围着火炉坐下来就开战。就像猫闻到了鱼腥，五十六度的北京二锅头，一杯一杯往肚子里倒。那晚喝得出门时竟走错了方向，而同去的阿文竟然还骑着破单车跌跌撞撞回到了工棚。我们抱着工棚外面的水龙头一阵猛灌，然后倒在木板床上，一直睡到次日下午才醒来。

终于熬到了发工资。除了伙食费和平时借支买牙膏洗衣粉之类的钱外，还有近两百块钱，一时间连月来的所有辛苦和委屈远遁无踪迹。我和阿文去了理发店，让那个漂亮的理发师给我们剪了一个漂亮的发型，然后又买了几斤卤牛肉饕餮一顿，去电影院看了场电影，去书店买了几本书。这时，我们才可以在收工后，坐两毛钱一站的公交，去天安门看升旗，然后又漫无目的地转悠。

我们就像一块质地并不坚硬的木楔，在常营这根坚硬的木头上，靠着挤劲和钻劲，总算撕开了一条细小的裂缝，看到了一道微弱的光芒。

管　庄

我们搭架子的地方叫管庄。

北京只是个大而空的名字，如果不具体到某个村庄甚至某个巷子多少号，我们一定是悬浮在半空中的。但是，即便拥有了这些确切的号码，也并不意味着完全根植于泥土，顶多不过是距离地面更近了些。常营是乡，管庄是它的一个村。这是我干了半个多月活后才知道的。

对于某些东西，我总显得比人慢了几个节拍。比如搭架子的那幢楼，后来才知道是一家制药厂。我在 2007 年左右去北京旅游，曾专门抽时间去看过十几年前的那个地方，在外面转悠了好半天，问过好几个人才最终确定，那里就是我打工首站留下深刻记忆的地方。在建时我们都叫它常营制药厂，后来换了个很长的名字。在和门卫简单的交流中得知，这中间发生了一次很大的转折，有点像不可控的命运，不得不将日子过成长长的悲凉。

我和阿文那年正月初到管庄时，这项工程实际上已完成了多半，多数时候都在拆架子。一幢楼的架子搭建起来可能要一个星期，如果拆，最多也就一天甚至半天。我们一个班，除去带班的同乡，以及我和阿文还有四川小羊子外，其余十多个全是河南人。他们离北京只有几小时的车程，"双抢"季节来临，他们就全部赶回家，三五天后再赶回管庄。尽管刚开始他们也有点欺生，使点小动作之类的，时间一长自然也就融洽起来。毕竟包工头是同乡姐夫，鉴于这层关系，我和阿文多少还是占了些背景。

搭架子那阵，中途通常都会跑到楼顶的空旷处休息一会儿，整幢楼实在没有更好的去处，到处都堆满了各类建材。或抽烟，或聊家常，得找个避风的地方，北风还在尽情嘶吼。坐的地方当然没有，即便有也不敢落座，实在是太冷了。风景有什么好看的？到处都是建筑物。那时管庄四周还在开发，最近处是一排排泛白的蔬菜种植大棚，还有些零散的养殖户。

自然有闲得无聊的时候，都是二十来岁三十多岁的年轻人，好像有使不完的劲，于是就有人比拼力气摔跤。带我们去北京的同乡，仗着一米八开外的个头，喜欢与别人摔跤，几乎每次都由他挑起。原因有二：其一，他确实有几斤力气；其二，也是最重要的一条，他姐夫是架子班工头，平时都由他这个小舅子掌管这个班十几号人。计工日、提工资都得他说了算，河南人就算人多势众，谁都知道强龙难压地头蛇，估计也就留了一手。同乡姓姚，河南人叫他大姚，我和阿文则叫他小姚，在老家我们叫习惯了。小姚呢？他也有点仗势欺人的意思，把几个河南人摔得我和阿文都看不过去了。终有一天，或许也是英雄寂寞想过过瘾，便执意要跟阿文摔，并拿我们俩笔杆子说事。

尽管是小姚带我们走出大山，第一次来到北京的。我们也以为平时至少要关照一下的。我们不是那种普通意义上的同乡，而是坡田坎下共过人情来往的隔壁邻舍，直到后来我才切身体会到，我们之间早已成为剥削与被剥削的关系了。至于压迫与被压迫当然也有，至少在摔跤这个事情上，他的出发点就是想从肉体上击垮我们。而我们也一直对他们的那种游戏，表现出了不屑一顾的神色。或许正是我们这种"气"在某种程度上惹了他。失算的是，个头矮小的阿文不会像河南人给他留了点面子，最关键的一点，是想不到只三两下就把他给放倒了。他不服输，起来又摔，还是外甥打灯笼——照舅（旧）。看到这个场面，我就在旁边和稀泥：第一次在地上扫灰尘，第二次肚皮上压个人，第三次看见天上飘着云。河南人自然听得明白，现场一下子活跃空前。

寄去广东的信有了很长一段时间，还是没有回信，我天天猜测着各种可能出现的情况。其实，寄出去没几天，我就在估算路上的行程。是在路上出了问题，还是她们换了地址？即便收不到，可我寄的是挂号信呀，总得退回来吧。那段时间，只要一有空我就想这个问题，下班后躺在床上就更有点度日如年的感觉。就坐在木板床上写诗。写相思之苦，写远离故土之惆怅，写工地生活之枯燥乏味。后来，还是细心的阿文发现了端倪，领班的小姚常拿了别人的信敲竹杠。或是一包烟，一支啤酒。钱倒也不多，嘻嘻哈哈就被他敲了竹杠，似乎气氛也还算得上融洽。阿文说很可能是那次摔跤没给他面子，被小姚扣压了我们的信。小姚是领班，他随时都可以抽时间去收发室。从那天起，阿文每天中午回食堂吃饭，就想方设法抢在小姚前去收发室，猜想果然被证实。

仍然是后来，小姚的另一个与他不和的亲戚（与其姐夫关系甚好）

才为我们解开谜底。之所以卡我们的信，就是怕我们将北京当作跳板，那样他又要考虑从老家带人过来填补我们的空当。第一次出这么远的门，万万没想到再好的乡村关系，一旦走进城市，就开始出现不可避免的裂痕，交织着利益的追逐和驱使。

从此，我和阿文都多了个心眼，并开始谋划着怎样弄些盘缠南下广东谋求发展，一时半会儿却又无从下手。某天偶然从工友口中得知，一些收破烂的常趁看守工地的保安不注意，溜进来将那些卡扣和断钢筋当废品捡走，赚了不少。我和阿文不约而同把双眼定格到搭架子用的卡扣上，决定在午饭后极有限的时间里，出去找人联系。然后就趁工友们抢着往食堂跑的空隙，将那些卡扣用尼龙袋装起来，瞅准时机从那些不显眼的角落扔下去。工地后是一大片菜地，有人正在里面种菜，见有东西扔下来，立马就搬进大棚边的小屋子去了。我们眼睁睁看着，却连大气都不敢出。吃了闷亏，第二次我们就一个人下去接应，一个在上面扔。阿文在下面捡起一袋，立刻使出全身力气，驮起百多斤的袋子，顺着墙脚拼命往外跑。提心吊胆弄了两三次，总算凑齐了我南下的路费。

阿文还得继续留在北京等待结账，那可是我们两个人近三个月的血汗钱啊。原以为去到北京靠下苦力挣点钱，再找个好点的工作慢慢发展，谁也不曾想到两个多月除了有吃有住外，根本就没有多余的钱可以走动，如此下去，前方的路在哪里？

随着列车的一声长吼，我终于艰难迈出了南下的第一步。而我最亲密的阿文仍旧坚守在那里，伺机讨要那把通往光明道路上的钥匙。

保 定

保定这个名字原本与北京毫无关联和瓜葛，这得从我收到的那封家书说起。

我是到北京后一个月左右给家里写了一封信的。信是妈请人回的，我妈没读几天书。拿到信封我就在想，怎么不是老爸的笔迹？老爸呢？为什么要请人写？原来在我走后没多久，父亲就跟生产队的人去了河北保定一家砖厂打工，具体是哪家砖厂，叫啥名字，我没记住，反正保定这两个字让我记死了。妈听人说北京到保定不太远，嘱咐我有时间去保定看看老爸，怕他在砖厂里吃不消，弄到我身边也行，或者干脆回家算了。家里那么多田和猪子牲口也要人服侍。

五十多岁的父亲，那时身体状况并不太好，在我看来外出打工只有遭罪的份，尤其老爸是在砖厂那种吃人饭使牛力气的地方。老爸老妈共生养了我们四兄弟，只有我读书还算有点出息，偏偏我又跑出来了，居然还在工地上混日子。当然，我在外面究竟有着怎样的遭遇，他们并不知晓，他们只知道能去北京，怎么也给家里人长了脸。

我决定和阿文去保定一趟，至于能否将老爸接到北京，当时也不知道该怎样回答，反正先去看看情况再说吧。照例是工资不知道何时候才能发，我们唯一认识的就是带我们去的小姚，之前就试过的，开口自然是无济于事。我又何尝不懂得偷鸡摸狗是下三烂的事情？可真的是逼不得已啊。信中我妈说那家砖厂很有些问题，去那里的人很难脱身。不知老爸的情况究竟糟糕到了何种程度，又是哪些人在从中作梗，都要去到现场才能弄清楚。只好趁着下班往饭堂冲的当口，迅速将早就装好在尼龙袋子里的卡扣，从不太显眼的地方扔下去，然后猫着腰扛着袋子顺着墙根，得一口气小跑步一般送到外面收破烂的身边。

那些天我一直在想，这个世界应该有不少进监狱的偷盗者，都是在非常困窘的状态下，才走上这条路的。只不过有的伸手就被捉，有的就此走上了不归路，还有的解决了困境就立马收手，譬如当时的我。到如今差不多三十年过去，从未再干过偷鸡摸狗的勾当了。之所以能坦诚说出来，是因为我觉得这就是真正的男人。做过错事不要紧，勇于承认，勇于解剖，勇于涅槃后再生。

北京到保定的火车只要两个多小时，但偌大个保定，要想找到那间小小的砖厂谈何容易。我和阿文出了保定车站，先后向好几个人打听砖厂较多的地方和位置，他们不仅没听说过，甚至连哪个方位有砖厂都不知道。兜兜转转个把小时后，总算问到一个老人，他知道砖厂的大致方位，并说只要找到一家砖厂后便可向他们打听，或许能有些眉目。我和阿文就顺着大方向往前走，来到了一大片农田附近，望着好几条交叉路，踟蹰良久，总算在一个过路的四川人口中得知具体所在。

灰蒙蒙的天空开始飘来蒙蒙细雨，田间泥泞小道变得滑溜难行。

我们穿着皮鞋走在上面，就像跳着一种奇怪的舞蹈。一个多小时后，才在一根高近百米的烟囱下找到我们此行的终点。因为下雨没人开工，工人大都躺在矮且脏的床上睡觉。那种脏简直可以说难以形容，比老家的猪圈好不到哪里。用砖头垒起来的床脚下，被工人们反反复复踩踏过后的稀泥，极为浓稠，极度难堪。

见有陌生人进来，好几个连忙从床上爬起来，眼里满是疑问和复杂。我迅速扫射了一圈，居然发现了从小失去双亲的小表弟，这让我喜出望外。随即，这种刚刚升起的喜悦，又被表弟的简单叙述给迅速浇灭了。原来，父亲已于几天前跟同队的两个同龄人，去了大连秦皇岛，说是去投靠赵青元。赵几年前毕业于南开大学，分配到秦皇岛玻璃厂工作。他是我们公社第一个考上全国重点大学的学生，去投靠他，怎么说也要比在这鬼砖厂好得多。想到这，灰暗的心情又多少有些回暖了。

谈话间，又碰到了一位初中同学。时间已来到中午时分，同学为我们准备了午饭。与我们在北京一样，也是馒头加面条。坐在满地泥泞的床上，那些白面馒头格外难咽。与北京一对比，此前那么多的窘况和难堪，似乎一下子就消散了。趁着吃饭的空当，我向他们打听工资待遇，他们马上变得有些木讷起来。很显然我们的到来，在他们的预期之外。一时间双方瞬间变得疏远而陌生起来。我和阿文在他们众口一词的"很好"中，解读到了他们一定是在某种环境下，陷进了同一版本的困境。

也许是吃饭的环境，也许还加上解读到他们的集体遭遇带来的极度难过，反正勉强吃完馒头和面条，我就感到胃里有个东西往外蠕动，连忙打听厕所的位置。门一推开，一股碳铵般的气味直冲鼻子，横着的几根钢筋梁上稀疏地盖着一些木板。我竭力克制着胃部的翻滚，只差一点就给吐了出来。刚捂着鼻子蹲下，同学就健步跨了进来，将一张纸条塞给我并小声说："有人在跟踪你，说话要小心！"然后就假装尿完后走了。

内容很简短：带他们出来的包工头和当地势力勾结在一起，但凡去到砖厂基本就失去了人身自由，工钱拿不到不说，还不能乱说乱讲。说实话，在管庄的领班或者小老板最多也就搞点小动作，工资虽说一拖再拖，明目张胆地限制人身自由好像还没这个胆子，毕竟还是受到正规单位管理。最难受的是什么？那个砖厂的包工头就是隔壁生产队的，为了达到他自己的目的，不仅变得六亲不认，更使出一些非常肮脏卑鄙的手段，将他带去的那些同乡当作发财的工具。

时隔多年，我已然不记得当时是怀着怎样一种心情回到北京的，又是怎样和同学约定的。只记得那时唯一的联系方式就是写信。两个人都在各自的困境中，做着种种不切实际的设想和毫无方向的努力，就像两片飘落的黄叶，只能随着秋风的节奏，无论落在何处，都在祖国的大地上。

我决计不日启程南下，既然老爸去了另外一个我更鞭长莫及之地，就由他去吧。万一受不了，他会回去的。我对阿文说："反正你在北京起码还要待几个月，有机会的时候再想办法去一趟保定吧！"

应该是我到广东后大概一个多月，阿文独自一人真去了一趟保定。不得不佩服阿文的胆识，一个人揣着一把菜刀，硬是闯了一趟龙潭虎穴，虽说最后差点命搁保定，也算是人生一大传奇。

沙葸

最早去广东的朋友是我高中同学，他在1992年就跟着他初中同学去了广东中山。

那时候我们好几个文友在清江边创办了一家文学社，他在大桥头开了家理发店谋生，我则在附近一所中学教书。清江两岸刚刚修建了一道铁索桥，一下子就将沿江两岸给贯通了。更早的时候江南江北要靠趸船过渡，或者是那种豌豆角的小船，非常不方便。这铁索桥一通，住在附近的同学就占据了先天的便利，开了一家理发店。那是一个文学理想遍野燃烧的年代，我们都想成为作家。文学社就是我们的舞台，将清江南北两岸的文学青年给召集在了一起。

未婚妻能先我而行去到广东，就是投靠这位同学。其实我在北京很早就收到了同学的信，因为身无分文而急得像热锅上的蚂蚁。信的内容并不复杂，两张纸的样子，那些孤寂的日子里，那封信不知被看了多少次。只要手中的活一停下来，我就反复咀嚼信中的内容，想象着远在几千里之外那个陌生的地方，可能出现的情景。落款地址是沙葸四队，我尽量搜寻着以往教科书和电影里得来的所有知识，想象着这地方定在海边且有沙，还有着许多类似椰树的植物，一阵海风吹来，带着一股咸咸的腥味……

带着种种猜测和期盼，我坐上了南下的火车，经过两天两夜煎熬和兴奋交织着的折磨，到达了广州。然后又在省长途汽车站买票到中山富华车站，再按照梦脂信中的明晰线路，搭乘那种小四轮的篷篷车到沙萌，七弯八拐在一条小河边最终找到了乡音。

这才知道，其实我们山旮旯来中山的已有了几十号人。他们几乎都在码头上靠卖力气挣钱，要不就是搬水泥，要不就是扛麻袋。从老家湖北恩施到遥远的北京，我没有出现所谓的水土不服，但从北京到广东的中山，却有一个多星期浑身发痒。这里的蚊子格外大，叮在身上就起红疙瘩。映入眼帘的全是从未见过的绿色植物和热带水果，还有极具岭南特色的建筑。自然，更有那些犹如天书一般的粤语。即便每天生活的圈子基本都是一个地方的老乡，同样充斥着一种巨大的寂寞和孤独。

在这座陌生得不能再陌生的城市，不认识半个人，不懂得别人的语言，不知道该怎样走路，甚至问个路也大都是一边摆手一边叽里呱啦。在北京，陌生感、失落感、挫败感等肯定有，毕竟是我们的首都，在广东就完全不一样了。总会在某个时候一而再再而三地问自己：不是要证明自己么？不是要践行理想么？

环境能改变一个人，改变的其实往往是表面，内心的不屈与现实的残酷才是难以调和的矛盾。现实的残酷只有到达某个点，个人才会彻底放弃某些东西，比如面子。刚来那些天，总觉得比别人至少要高一个层面，于是就会在一言一行中体现出来。靠力气吃饭叫血盆里抓饭吃，谁也不理会你是不是老乡，哪怕还有各种转折亲戚关系。扛水泥包得按照顺序来，重量一样，数量一样，要么不开始，要么坚持到完工，否则工钱就会大打折扣。每个人心底不仅潜藏着一种固执，还潜藏着一种不服输的因子。老乡们有些乜斜的眼光，激发出了我的匪性和能量。咬牙坚持了一个多星期，就完全合上了众人的节拍。每当马路边有漂亮小姐路过时，也会跟他们一样起哄，或者突然将身上沾满水泥灰的披肩猛地一抖，弄得尘嚣四起，望着靓女一边大骂一边捂鼻仓皇而逃，以此调节又累又脏且枯燥乏味的搬运生活。

北京异常干燥，南方又别样的湿热。汗水浸透的披肩，使得水泥灰迅速溶化。这个过程中会散发热量，而一点一点灼伤皮肤，这是水泥搬运工必备的第一课。这个时候有几个名词在我灵魂里烙上了深深印记：花生油、皮康王、染发水。每天收工回来第一件事就是马上冲凉，然后往身上涂抹一层花生油。否则身上一干，立即就会显现出白白的一层水泥斑。水泥包外表有一层细小的水泥尘，在来来回回的搬运中，不断落在头上。它们在相互的胶着中，将我乌黑的头发灼成黄色，就得将染发水买回来，相互交换着染。而被灼伤的皮肤，往往会长出毒疮，得等到化脓阶段，先将毒根挤出，然后涂上皮康王之类的皮肤药。

据我后来的观察，不少从事水泥搬运的老乡们，但凡能坚持一年半载的人，他背上一定或多或少会有水泥给他刻下的，一生也无法痊愈的印记。

我说沙萌的早期是宁静的，不是指没有打桩机那烦躁又单调撞击着地球的噪音，而是指没有不务正业的老乡闯入这个宁静的圈子。我们大概十来人居住在老板为我们租来的一幢楼里，过着辛苦又有些知足的生活。劳累自不必说,但是只要一艘船的水泥搬运完,老板就会马上给我们结账。生意好一天能弄个几十块钱,一个月下来再不济也能挣下千儿八百,对于教书工资不到百元的我来说,心理上有了平衡。终于可以不为钱烦躁,还能在没有工开的日子看书写诗,并与同学计划着出版专集。

也就是那年,不断有老乡从家里赶来这里投奔亲友,聚集在港口大本营里。所有人的生活圈子基本仍圈定在码头上,僧多粥便少,于是就有部分人当起了街娃,说得委婉点,叫科长。这些科长们整天东游西荡到处混饭吃,哪家的饭熟了不用请就会自找碗筷说一句肚子饿哒,然后就敞开肚皮吃。老乡彼此熟识拉不下面子,谁知这批人越来越胆大,最后以借生活费为名,实际上就是生要,被生要了的人便可安安心心在码头上混口饭吃。

我们感到这股歪风正在向沙蒟蠢蠢欲动。为防患于未然,我们一合计,就在床下准备了许多空啤酒瓶。我们还放出风声,让那些人知道我们准备了硫酸。明白人自然知道我们的意图,所以一直没有哪个长红毛的来沙蒟,算是过了一段岁月安好的日子。

倒是后来,我们这班人中间出了个败类。那个整天专练少林拳的家伙,不知怎么被那些人抓到了什么把柄,被人一顿拳头耳刮子加皮鞭,直打得他身上青一块紫一块嘴里还说打得好。那时我们七八个人已搬到城区来了,正在各自的工厂里上班。这期间,我和同学还有留守老家的杰琦,在同学的捣鼓下顺利出版了诗集。刚好有个周末,为了感谢在沙蒟曾经十分关照我们的隔壁那家阿姨,我们专门跑过去给她儿子送诗集。我们在那里住的几个月,他常跑过来看我们写诗写文章，对文学有着极大的兴趣。

一晃就是农历 1993 年年底，我与许多老乡一样，有生以来第一次在远在数千里外的沙葫过年。年关那段日子相对清闲，码头上和工地上的老板们也回家忙年去了，我们把赚回的钱给父母寄了回去，留下一部分去沙葫市场买回鸡鸭鱼肉，准备好好过个年。多少年都过去了，一直记得那年那个下午，做饭的做饭，玩游戏机的玩游戏机，只听得"加油啊加油啊"的声音反反复复着。同乡中有个叫李佑国的买了部收录机，反反复复播放那首《想你想到梦里头》，直听得我们心里酸溜溜的，忍不住流出几滴清淡的泪水来。

我在沙葫前后加起来也就一年多时间。前半年我在码头下苦力，后半年我承包了一段下水道工程，聚集了一批老乡做工程。其中也经历了许多的曲折和风波，如果要详细记录下来的话，那又将是一部长长的回忆录。沙葫之所以能成为我生命中不可或缺的一个关键词，原因正在于，那里是我一生中备受煎熬磨砺的地方。在那里，我磨出了我一生中最具韧性的光芒，使得我在以后工作中不断享用。同时，在那里通过我的双肩和我的双手，以及未婚妻的大力支持，我出版了人生中第一本最有意义的诗合集。隐约间，前方有一道熠熠闪烁的光，感召着我一步步前行的脚步。

土瓜岭

无论是在北京常营还是中山沙萌，我基本上都是在出卖自己的力气。这有点像一个胸怀利器的人，在做着一件与自己并无多大关联的事情，实际上都是受制于某种因素。比如在北京，每天三餐是没问题，但跨出工地半步都要钱。在沙萌，钱的问题似乎暂时不是太大的问题了，我当然知道自己想要的东西。我更需要一个更为稳定的单位，稳定的收入，稳定的家庭，然后才能安心地追求心底那个时时浮现出来的作家梦。

进工厂那时月收入也就几百块，还得天天加班，这是普工。上得点台面的，要求虽多，主要还在于经验和会白话。经验尚且理解，为何非得要会白话者优先？如今想来，当年真就是个四面棱角的刺头。一方面想要与生活和解，一方面又与生活针锋相对，这恐怕就是年少的无知与轻狂吧。

世界的强大究竟到了何种程度，谁也无法说得清楚，但谁都有过在它面前撞得头破血流的尴尬。一方面我的内心与这个世界对峙，另一方面却又不得不回到现实。这也就是我们为何要主动舍弃沙萌，搬迁到城区土瓜岭的直接原因。靠出卖体力的确可以赚到更多钱，更可以在创作上自由支配时间，但那终究不是我想要拥有的。

从沙萠到土瓜岭其实也就一步之遥。关键的这一步，让我们在很短时间内跨越了我们人生的分水岭。完全可以将土瓜岭看作我们的分水岭。这里才是我们人生真正意义上的开始。

1994 年年底那段时间，我们就曾利用空闲，骑着破单车穿大街走小巷，几乎是挨家挨户地毯式地搜寻，最后才在东区土瓜岭找到了一个可以暂时安放躯体的地方。尽管里外周边环境比沙萠差得远，我们已经历过了意志上最残酷的磨炼，狭小阴暗蚊虫多等诸多艰苦环境，对我们来说再也平常不过了。

那间十平方米左右既黑又不透风的小屋里，共安置着上下铺位八个，中间仅剩一个人刚能通行的过道，如果里面有人出来在中间相遇，只能侧着身子，按我如今臃肿的躯体，一个人走进去估计都困难。我们八个人，每人一个床位，九十公分宽，仅有的一个小小的窗户，也因为放床位后，遮掩得只剩下可怜的一点空间。

刚进入五月的南方，天气就到了三十多度。这里的热是那种没心没肺的热，稍微动一下，浑身就是大汗淋淋，湿透的衣裳紧贴着肉身。靠下苦力挣来的那点血汗钱，几乎全投进了诗集的出版中。仅剩的一点钱也交给了职业介绍所，将我那几个墨水不多的亲戚送进了一间广告公司。土瓜岭这鬼地方，似乎是城区最不受人待见的，一丝风都很难抵达，蚊子还特别多，我们就连一台二三十块钱的风扇也买不起。支起从沙萠带来的旧蚊帐，本就窒息的空气就更加凝重，感觉自己就是一条晒在沙滩上的鱼，在近乎绝望的挣扎中奄奄一息。很多时候，我们睡下去没多久又爬起来，实在难以忍受闷热和窒息的双重夹击，从院内水井里打上水将浑身抹一遭，再躺下，再起来，如此反复后，天色逐渐明朗起来，又一个更为严酷的白天到来了。

就在我们因经济拮据而省吃俭用的同时，两个表弟却给我上演了极为滑稽的一幕。我倾尽那点可怜的积蓄和未婚妻刚收的工资，勉强凑齐职业介绍费，把几个亲戚送进了工厂，一大班人的吃饭问题和租房问题，一一摆在了面前，真恨不得一块钱掰成几十块钱用。我给其中一表弟两餐的伙食费，他却挤出一半买了烟，隔三岔五从荷包里掏出一支，躲在出租屋外面的墙角下抽。及至被我发现，他却说："一两餐饭不吃还顶得住，一天没烟抽浑身就一点精神都没有。"我另一个块头较大的表弟还未满十八岁，听他爹也就是我姨父说，他打工就是想挣点钱抽几包好烟的，不久的一件事情可以印证其年龄不大烟瘾的确不小。那家公司是做户外广告的，常有一些碎钢管、角铁之类的废品或者边角料，吃午饭出厂门，那表弟就时不时捎一截放进他那件又宽又大的牛仔服荷包里，然后卖给收废品的。因此，非常时期的他，还能时不时摸出一支半截带屁股的劣质香烟，很满足地吸上几口。

那个时期我一直显得比较浮躁，或许是那种令人窒息的气氛，又或是一直未能找到较为理想的工作，我常与未婚妻拌嘴。甚至还会为一些鸡毛蒜皮的小事而相持不下，根本不像现在，即使有些摩擦，我也会让它在无言的惰性之中自己结束，想来还是沙萌的磨砺仍未臻完善罢。

而同学那个时期的表现刚好与我相反，愈是艰难困苦愈是砥砺前行。两个多月时间，他不仅完成了六百多行长诗，更是凭借超人的毅力，一口气完成了十几万字的大型散文诗。每天早晨一碗粥，中午一块五毛的快餐。六十多天下来，原本就瘦弱无比的他，整个身形几乎只剩下一个骨架了。二手房东是江西人，见这个年轻人不仅好学上进，还有着常人少有的恒心和毅力，遂主动做媒欲将自己的两个侄女下嫁给他，随他二选一。我们是见过这对姊妹花的，她俩在嘉华电子城上班，人长得特别漂亮。按理说天上掉下个林妹妹，应该让人欢喜得不得了，可同学婉拒了房东好意说："命中注定了我就是一个家园的流浪者，此生说不定一辈子都在路上。"后来，同学在他的辗转漂泊中，终于找到了和他有着共同身世的红颜知己而结为秦晋之好。

今日的土瓜岭早已成为城市心脏。昔日狭小低矮的旧楼被高大宽敞的群楼所替代。若干年后，我再一次骑着摩托车穿行在昔日的巷道里，就像迷路的孩子，兜兜转转了好几圈，怎么也找不到当年的那幢楼和院子了。我当然知道我根本就不是那个迷路的孩子。我不仅没有那幢楼的钥匙，更不是那里的孩子，就连过客都说不上。可我还是有点怅然若失。我究竟在那里失去了什么？仔细想来，不仅没失去，而且得到了很多。如果说在沙葝，我得到的是人格和身体上的磨砺，那么，在土瓜岭得到的则是精神上的能量。这种精神早已潜藏在我灵魂深处，似一股气流，若隐若现，若即若离，贯穿着我的整个躯体。

后来，我一位朋友在土瓜岭附近买了新楼，写了一篇《关于土瓜岭》，这才将我记忆中的土瓜岭重新一页一页翻开。当我找出那张早已发霉的旧照，回想起曾经是有那么一段灰暗的日子，我们从土瓜岭的小巷子里进进出出，如果用几个特定的词语来概括，我想不外乎弯曲、狭窄、窒息、饥饿、奔突和坚守。它们就像我肌体内超标的脂肪含量，总会时不时在我身体的某个部分，用一种别样的方式提醒我，激励我。

小鳌溪

翻阅《新华字典》，鳌者，龟或鳖也。众所周知，龟者王八是也。如果将我当年在小鳌溪受到的种种待遇联系起来，"小鳌溪者，喂养王八的一条小溪也"，是可以成立的。

1994年妻在小鳌溪附近的嘉华电子城打工，我还住在沙葛，后来才搬到土瓜岭。那时的嘉华生意出奇地好，每晚加班至少到九点，有时候还要通宵，工人们也乐意通过加班的方式拿到更多的钱。嘉华到土瓜岭本不远，但加班后要排队打卡，再骑十几二十分钟单车，回到住处还要手洗衣服，再快的手脚，睡觉基本都在十二点左右。那时真年轻，但时间长了人还是感觉有些顶不住。

一合计，我们决定就在嘉华附近的大鳌溪租房子。两个人骑着单车围着村子转悠了好几圈，才在靠近山边的一户农家找到一处比我老家厕所还差的出租屋。房东估计赚到了钱，在老房子不远处建了一幢高大气派的新房。大鳌溪不少东家都是这样，自己住新房，然后将旧房租给在电子城打工的靓仔靓女们。之所以说比我老家厕所还差，主要有几个原因。山边蚊虫多，房子也破旧，最根本的问题是附近就是猪圈，蚊虫就更多，味道就更难闻。故而，房子的价钱也就低了不少。

那时我已谋得一份稍微像样点的工作，单位都是身强体壮的男丁，至于是否还有夫妻房这样的非分之想，在我们看来简直就如痴人说梦。和房东简单交流了一下，当即确定下来。那幢老房子早被东家用薄薄的木板隔离成小小的个体单元，租给了同在嘉华打工的江西人。只剩下后面靠近路边的一间，最低处仅有一人多高，大约七八平方米，月租八十。由于采光严重不足，大白天也要开灯才能看得清楚。床位是现成的，只要将被子和蚊帐之类的简单行李安置上去，再买回煤油炉和锅碗瓢盆，一个简单的家在形式上就成立了。从北京到沙葛到土瓜岭再到小鳌溪，前后差不多四年时间，这是第一次拥有真正意义上的二人世界。

那个夜晚，我们躺在硬木板床上，说了很多很多的话，计划着我们的将来，一定要在老家建起一幢属于自己的房子，至少要两层，后面还要带停车场的那种。积攒足够的资金后，我们还得开一家饭店，或者是一家小小的工厂，通过靠近国道的便利，将山里的农副产品通过深加工变成工业产品，运到外面的大城市里。我们甚至还做了一个大胆的假设：我们赚到足够的钱后，还要设立一个文学奖，专门资助恩施地区作家诗人的著作出版。

顺便说一句，那几年我已在老家和珠三角不少刊物发表了一些作品，自信心正在不断上涨，并于那年加入了老家恩施州作家协会。也正是那年，我和妻子酝酿已久的筑巢计划，也一并在老家318国道边开始了。只是后来计划没有变化快，花费我们夫妻俩好几年心血的结晶，最终还是在2003年贱卖给了别人。从此，我们就一心一意为将自己打造成新中山人而奋斗到今天。

接下来，我们过上了那种按时上班按时下班具有城市节奏的生活。我供职在城区一家说起来很有面子的单位，妻则只需要走上几分钟便可到达电子城。那时工资虽说不算太低，但我们必须节省所有的开支，源源不断地从邮局汇到老家。那里，父母们正在拼老命实施我们的筑巢计划。为了节省开支，每日下班后，我都会在单位用暖水壶装上一瓶热水，挂在单车龙头上带回家晚上给妻喝。即便是牙膏洗发水这类日用品，我们买的也是地摊货，至于晚餐，大部分时候都是面条加蔬菜。

我们的小宝贝在肚里一天比一天大，为了宝宝能顺利而健康地来到这个世界，我还要变着法子挤钱给妻买点水果。几乎每晚我都要守在嘉华门口，用那辆破旧的单车接她回家，然后将洗好的水果递到她手上。妻说只有这个时候才感到自己是真正的女人，直说得我心里酸酸的，眼里暗涌着泪花。是啊，自与妻相恋来，就是一块多钱的纱巾也从没给她买过一条。先前要还读书时欠的债，成家后又要建新房子，为我们的将来考虑。几年来一直手头紧，没让妻吃好一顿穿好一点，妻不但从没埋怨，反倒时时安慰我，说现在艰苦点不为过，等将来日子好些了再奢侈点吧。我知道妻喜欢吃荔枝和香蕉，即便再便宜也只能偶尔买点别人选剩的尾货。为了让妻开心，我甚至给她勾画了一个弥天画饼：等将来有钱了，一定会买一整车的荔枝和香蕉，让她吃个够。妻笑了。我分明看见她眼里闪烁着泪花。

原以为这几平方米的小天地就是我们自己的了，哪知才安静过一星期左右，派出所和治保会就闻到了我们的气息，每隔几天就来查房。你以为查房的内容单纯就是查暂住证？什么计生证啊身份证啊劳务证啊一大堆。每每我们正在酣睡之际，只要一听到全村的狗吠，就知道是这些人来了。

有次估计是妻为一件什么事情得罪了治保会的人，有个晚上来查房，竟揪着妻的头发要她去治保会，看样子好像还准备来真的。我感觉到尊严的底线就要被他们突破，还是尽量克制着满腔的愤懑，要对方出示证件。类似的经历其实我已在码头上见识过，早些年在酱油厂附近开工时，曾因为老乡之间闹矛盾引来了派出所的民警。后来在做笔录的时候，我实在忍不住内心的屈辱在现场泪流满面。警察居然被我感动了，当时就将我放了出来。时隔将近三年，我再一次重复了之前的对话：请您出示证件！那个警察模样的左手依然揪着妻子的头发，腾出一只手掏出个绿色的小本本，在我眼前晃了两下，立马就放回上衣荷包里。

尽管速度很快，我还是精准地捕捉到了一个事实：那时候几乎每个村都设有治保会，平时都由他们维护着本村的治安，市内或是镇内有行动，他们就配合公安部门执法。相比三年前，我更有底气，只因为我也供职于公安系统，而且证件上盖的那个红巴巴，比治保会的硬气得多。自此，我在小鳌溪算是过了一段平静的生活。

在小鳌溪印象最深刻、最值得引以为傲的事，是第一次被邀请去五桂山中学讲了一堂公开课。那是我走下讲坛三年后第一次站在学生面前，和以前的自己相比，多了一分胆怯，也少了一分自信，哪怕我戴着全市征文大赛获奖的桂冠。

那时我常在工作之余去报刊亭买些报刊回来，一则学习别人的作品，二则借此往外投稿，继续追逐着我的作家梦。记得那是一次中山人民广播电台和中山市劳动局等单位联合举办的征文大赛，我在截止日期头一天，才将我们在土瓜岭的那些经历，写成《沉默的沧桑》邮寄过去，并在颁奖晚会上认识了在五桂山教书的老吴。老吴是高三语文老师兼学校文学社负责人，他得知我丰富的打工经历后，写信邀我去他们文学社授课。那天，我利用周末，踩着一辆破旧的单车，从小鳌溪出租屋出发，踩了将近一个小时。当时究竟讲了些什么，如今一点印象都没有了。有一点却非常清晰，那晚校方不仅准备了丰盛的晚宴，还用一辆小四轮将我的破单车绑在尾厢，将我送到小鳌溪住处。临了，还将一个封面印有校名的信封递到我手里，说这是学校的一点意思。

回到出租屋，我几乎是迫不及待打开信封。我知道，里面是给我的酬劳。这种事此前从未见过，也从未经历过，但我已大致明白作为开放城市的广东，都在按照某种规矩和节奏办事。我自然免不了在一阵兴奋之后，做着深层次的期待，通过这个美好开端的开启，我会逐步踏上广东节奏的旅程。

五星居

我是个重感情的人，当初逮住那么个机会就逃离似的离开了故土，但我从来没想过出来后就不再回去。相反，故土的贫穷和落后，更激发了我体内潜藏着的斗志，就像现在，在别人的城市里稍稍有了点起色，我便与大多数人一样，倾尽所有开始在那个叫"根"的地方筑起暖巢，谋划着将来。

其实从一开始，我就给自己定下过目标——存到一定的钱，就回家在国道边买一块地，然后建一幢像样点的房子，后面还要有足够的位置停车，借着国道的便利先经营好食宿，赚了钱再做农产品深加工，将家乡的富硒土特产推销到城市。如果成功了，再做点与文学有关的事。当年岳父成分不好，曾吃过许多说不出口的亏。后来摘了帽子，再次用他的勤劳和智慧而成为包产到户后村里最早的万元户之一。现在，他的后人们又在外面混得还行，无疑给他脸上增添了不少光彩。

说干就行动，我们夫妻二人节衣缩食，将有限的工资合理安排好后，全部汇给家里让岳父母为我们设计未来。岳父别出心裁在我们新建的房子正前方，用红瓷砖镶了个大大的五角星。每当太阳初升，白得耀眼的墙壁上那红得透彻的五星，就一闪一闪地发亮。房子建在318国道边，来来往往的司机们总要慢下来瞄上几眼，村里人就更是时不时指点一二，这让岳父心里很受用。

巧合的是，我在南方的这座城市里，也刚刚搬到一个叫五星的村庄。无论是生活还是事业，比之以前都有了较稳定的发展。我在我的书画上面，或是文章结尾，每每都要郑重其事地落上"五星居"。这个时候，我也会自然而然地联想到老家那幢新居闪闪发光的红五星来。只是那幢花费我们夫妻俩打工多年积蓄，耗去岳父岳母太多心血和精神的新居，我们却没能住上几天。那些年，住得最多的一次就是孩子面世的那段时间，此后几乎没怎么回去过。似乎倾尽我们所有建房子的最终目的，不过是找个合适的理由，将父母和我们所谓的孝道捆绑在一起而已。

初入五星，我踩着单车只在狭长的巷道里转了两个圈，就认定了上巷正街21号，凑巧的是我后来跳槽到一家单位的工号也是21号，不得不说我与五星真的是有缘。房东居然也从事着为人师表的职业，当然他并不知晓我的经历，但看到我单车架上的一大箱书，还有我那可爱的眼镜，一下子就和我亲近起来。说起眼镜，前段时间高中同学还在问我："当年好像没见过你戴眼镜嘛！"言下之意，就是质疑我在装嘛。真是饱汉不知饿汉饥，当年穷成啥样了，有钱配眼镜？和房东一交谈，才知道他已退休在家过着悠闲的日子。那幢旧宅是留给他哑巴弟弟以后结婚用的。

我们租住的是房东旧居的厨房，看起来的确有些陈旧不堪，相比小鳌溪而言，起码面积大了点，猪屎臭的味道也没了。即便外面是车声隆隆的中港大道，只要跨入五星牌坊，再转个弯，那一路的浮躁便被抛进了浓密林荫之中。

打扫卫生，安好床位，再将瓢盆碗盏那些有限的厨房用具归位，我的"五星"生活就算正式开始了。老家的"五星居"正在装修，自然不能奢求有张书桌，那张床就发挥起多功能作用来。吃饭或偶有来客，它扮演的角色是沙发，晚上则是我伏"案"写作的平台，累极，便又是我躯壳安顿之所。次日清晨，闹钟准时叫醒我们，起床梳洗后就开始做早餐。如果晚上加班太累，便去几十米外的市场花上几块零钱安顿好我们的肠胃，然后骑上单车，向各自的工作单位进发。到了夜晚，我们又从这座城市的两个地方往同一地点赶。无论谁先到，都会泡上一杯热茶，等着另一个加班人的归来，有些忙碌也有些累，心里很踏实。

我们爱情的结晶也就在这个时节降临，很自然我们要考虑增加房子的空间，我也需要一个更为广阔的空间，招待我的文朋好友。那时我跳槽去了一家事业单位从事着我喜欢的编辑工作，待遇更高，也就顺理成章地促使我租了房东整幢居屋。也就是说，我们不仅有了单独的厨房、客厅，还有了单独的洗手间和冲凉房。我们甚至还可以将老人接来这里小住一段时间，让他们过过城市人的生活了。

房子的突然变大，一下就打乱了我们以往生活的节奏，亲朋好友都像预约了似的，前前后后找上了我们。静静的 21 号突然间变得热闹起来，这使我们变得有点不知所措。这个 21 号可以说成了一个丰富多彩的符号。常常是一边开着饭，一边就有客人来到，最先来的吃完放了碗筷，最后来的才上桌。空啤酒瓶自然也是一放一大堆，收垃圾的河南人一个月就要来好几次，老人只会说西南官话，倒也能与河南腔搭上调。一来二去，便与河南人成了无话不谈的半个老乡了。

高潮部分的上演，则是在我买了手机后，多数老乡都转弯抹角地知道了号码，借钱的找不到工作的没地方住的全通过手机找到了我，以前认识的不认识的或转弯抹角的亲戚朋友老乡，都通过这个"电子拴狗器"拴住了我。于是，妻成了"三包"人员，请了假包吃包住包借钱，而我也成了"三陪"人员，陪吃陪住陪找厂。偏偏亲友中有文化有技术的少，一种是几个月也难以找到合适工厂上了年纪的"打工爷"，另一种就是进了厂三五天吃不消又吃"回头草"的年轻人，还有一种就是吃了老板的鱿鱼或给老板鱿鱼吃的"不安分"知识分子，他们有了我们这个稳定的"大后方"，似乎一下子就变得昂首挺胸了。

我之所以将五星称为"五星居"，最直接的原因就是我和当地村民的关系越来越融洽。邻居的小孩，菜市场的档主，士多店的小老板以及扫大街的阿姨，都与我在日常生活中结下了友好关系。当然，工作的相对稳定和待遇上的满足，也使我的漂泊感越来越小。我有了或大或小的安全感，一颗忽上忽下的灵魂算是变得稳妥了。虽然这个时期也常有治保会或者派出所前来查房，我却没办过一次暂住证。隔壁在治保会工作的大叔大娘，每次都会提前通知我，让我的"三包"或"三陪"人员暂时避开。他们已然将我当做他们的一分子了，我也因此感激五星村的乡亲。

在五星居住的五年多时间，印象最深的一件事是关于女儿的。有一晚我带着刚满二周岁的女儿去散步，走在窄窄的巷道里，灯光拉长了我们父女的身影。女儿说："爸爸，我看到自己的影子啦。"那一刻，我多么高兴。女儿就是我的影子。女儿的现实是天真透明的，在她的笑声里，我看见辽阔的海洋、蓝天下的飞鸟以及遍野坚韧的小草。我现在温厚平和地面对生活，平静而超然地看待命运，与女儿的纯真分不开。她给我带来的天空，影响了我对生活的态度。

在五星，我与女儿一道成长。

金字山

　　说金字山或许很多初来的外地人不知道，说长命水就不一样了。长命水因有股好水而被人记住，更因一所高等院校颇受外界关注，而金字山为外人所知晓，多是因了金字山隧道的开通。许许多多穿过隧道的人都能见到洞口那五个硕大的"金字山隧道"，便记住了此处定是金字山无疑。

　　金字山与长命水其实就相距两三百米而已。我曾在金字山一间交通设施配件厂打过短暂时间的工。那时，我来中山时间并不长，在沙萌做下水道工程承包期间，由于缺乏人手，便在老家叫了一班人过来帮忙，有亲戚还有亲戚带来的左邻右舍。那段工程的结局自然非常失败，其中的原因比较多，今天看来这也未必就是一件坏事，至少让我看到了人性的复杂性，不管是老板，还是亲戚朋友。

　　尔后，就是一伙人搬到了东区土瓜岭，住那 50 元一个床位的出租房。此前的我虽说在城区找到了一家单位，却还没有什么积蓄。那时候七八号人全靠未婚妻那份微薄的收入，勉强支撑了一个月左右，终于在城区一家职业介绍所找到了一份来之不易的工作。这份工作其实待遇还算不错，就是因为我是单位唯一的外省人，因为语言、文化等多方面的原因，最后与主管产生了很大的分歧，不得已才选择了打包袱走人。

眼下这份下苦力的差事，却有个很舒服也很诱人的名字。进去的这些左邻右舍虽说每天晒得黑汗直流，走在人前却多少有些感觉。特别是传到老家人耳朵里，就更是让泥巴杆子父母的腰杆挺直了许多。在小镇做镇长的姑父得知内侄月工资近千块，那眼睛就睁得老大："不得了啊！姑爷我每月才三百多块钱。"

这间工厂和宿舍就设在金字山。早上起来在饭堂吃完早餐，八点钟一到，工人们就准时上车开工。开工的主要范围自然属于城区，偶尔也下到镇区。回来不甚方便，在外面开饭的概率自然增大。吃完饭就有人手痒，常常就来几下"三公"之类的刺激。次数一多，就有人上瘾。我的几个亲戚大抵就是如此这般渐渐走上歪道的。小表弟原本在老家就喜欢赌"上大人"，还喜欢抽烟。姨父曾对我说，要我带他出来挣几包烟钱，姨父的理想是达到了，表弟却因赌"三公"欠了一屁股债只得打包袱悄悄溜走。最后天南海北，这里三五天，那里半个月。据说现在三十好几了都还没讨老婆。

却说我也算是与金字山有缘，几个亲戚在金字山还算争气，深得老板青睐。我这边打包袱走人后，他们给老板一说，我的事就算敲定了。说实在话，下苦力在老家做学生那时干得真不少，什么样的事情没干过？与历练过的他们一比较，自然有些差距。那个姓潘的组长，似乎看不起有点文化的人，总喜欢指桑骂槐。当然，他不知道我那时已在一些报刊发表了不少"豆腐块"，还出版了诗集。而我也并未因此就显得自己有多么牛，毕竟在自己的岗位上首先要做好本职工作，才是生存的不二法则。年纪轻轻时，脾气火暴也很自然，但我有点控制不住，几句话不对路就会点燃心中的怒火。

我当然渴望别人知道我与他们是有区别的，但王婆卖瓜又不是我的性格。终于，市内的一次大型征文活动，让单位都知道了我的存在。那个活动开始的时候我就下了决心，囿于宿舍没有写作条件，仅有的一张办公桌，常常被那些资深点的员工占去打麻将，直到活动接近尾声，我在收音机里听到那些征文作品都在接着播报，这才就着矮小的铁架子床草就了一篇。

那时候一线工人的业余生活基本上就是听收音机，电视机还没普及到个人。条件较好的公司，通常都会在人比较集中的饭堂，装上一台电视。回到宿舍的，要么听收音机，要么看买回来的杂志。自从我的稿件投出去后，几乎每晚都在收听那个台。播报获奖名单那晚，刚好我们宿舍有好几个在听收音机。应该说就是从这个奖开始，公司的人开始用另外一种眼光看我了。很自然地，老板也找我谈话了，而我也顺水推舟将之前出版的诗集送了他一本。我的命运就从这里开始向着一个更好的轨道发展，只是我自己没有把握好机会，轻而易举就让它从身边溜走了。那年年底，交警大队筹备建立一个专门的科室，叫社会主义精神文明办公室，老板专门将我叫到他办公室，问我愿不愿意去。我当然是一百二十个愿意呀，随即，他带着我去报名填表，几乎已是板上钉钉的事了，可刚好那年春节要回老家乡下结婚，等我正月十六回到中山，黄花菜早已凉透了。

回头再说说我当年的火暴脾气吧。当时厂里有几个四川人，人多势众，总喜欢仗势欺人。特别是那个流里流气的年轻仔更是目中无人，不仅嘴巴不干净，还常有恶作剧表现。有次去饭堂吃午饭，我坐到一摊水，满屁股都湿透了。我问谁干的。没人出声。我再问哪个干的。这二货居然大胆承认："就是老子干的！"气愤至极的我，冲过去揪住他衣领就给了他两记响亮的耳光。待他反应过来才明白当着众人挨了耳刮子。遂跑到厨房摸出一把菜刀。饭堂里只有桌椅，可桌椅是那种连在一起的。眼睛迅即扫了一圈，瞄到了唯一可供对抗的工具——铁质饭盖子。厂部饭堂的白米饭不限量，用那种大饭桶装好放在厨房外。这二货一刀砍过来，我就用铁盖子顶过去。表弟等人迅疾冲了过来，一把将这二货手里的菜刀抢下，将他双手反剪扭送到了保安室。后来的结局十分直白，当天下午老板就将这二货的工资清算而将其开除了。

开除一个四川人，似乎并未伤到他们这个团体丁点元气。有个牛高马大的四川人，仍和我有过两次正面交锋。其中一次在宿舍，另外一次在某个饭局上。宿舍那次，我算是好好教训了这个来势汹汹的家伙。饭局那次，我也差点就将手中的饭碗直接爆在这家伙头上，最终因他没再吭声而作罢。

最厉害的那次却与厂部的人无关。那次去老安山附近做工程返回途中经过红绿灯，一个推着水果的老汉见我们的车发疯一般开过来，原本准备继续过斑马线的，突然间又往后退了回去。司机原本看着老汉往前走，就按照这个趋势从老汉后面过去。这一来他就被我们的工程车撞个正着。那时正是午饭时间，司机要赶饭点，和我们将老汉送进附近的医院后，就留下表弟和我在医院负责照看，等单位老板前来处理。

老汉儿子来到医院，一口咬定我和表弟就是肇事司机，无论怎么解释就是不肯相信，相互僵持着就远远过了饭点。我们想就近买个快餐解决肚子闹饥荒的问题，对方就是死抓住我不放。想到整个事件的前因后果完全与自己并无多大关系，又一次气上心头急火攻心，我与老汉儿子厮打起来，双方打得血糊血海，惹得警察赶来才得以解决问题。

在金字山前后不到一年时间，我就与别人干过三次。现在想来，那三次并非到了是可忍孰不可忍的级别。从小到大，父母就一直告诫我，忍得一日之气，免去百日之忧，出门千万别闯祸。或许是因为出来后就一直生活在社会最底层，尤其是在远隔故土几千里的地方，遭受了诸多的不如意，而那时刚好又盛行武力解决，当所有问题集中起来，便有了必然而可怕的爆发。

现在即将步入天命之年的我，血液不再轰轰然作响，却依然感到身体的某个部位潜藏着那种力量至上的因子，总担心有那么一天还会爆发。我不知道和我有着相似经历的人，他们的灵魂又是怎样一种情景，更无法知晓当下年轻人的心境。

却说在金字山被开除的那个四川人，后来在本市做水生意还做出了点名堂，倒是那个戴着眼镜看起来有点文化的四川人依然毫无起色。但是，你完全不必惋惜或者慨叹，因为此人根本就没什么水平，那时看起来牛哄哄的，说到底，很多时候戴眼镜的会给我们以假象。

水关街

其实，我在水关街仅住了一年左右，二十年后的今天回想起来，好像住了很久。年轻时听人说经历多的人生才有厚重感，那时不以为然。人们拼命努力究竟是为了什么？不就是想早点过上好日子嘛！一方面我们在回首过去时，总在津津乐道那些受苦受难的过去受用一辈子，一方面又不想自己的儿女重走自己走过的路。我们时常会陷入一个自相矛盾的尴尬境地。

1998年年底，我进了现在这个单位，原本我在电信单位干得也算不错，刚进单位，年终就被评为先进个人。主管和老板对我都算较为赏识，也许有人疑惑，为何轻易放弃了待遇优渥的电信局？这还得从我个人的追求说起。

在电信局将近两年时间里，我的确学到了不少东西。尤其是从电脑是个什么东西都不清楚开始，我不仅对电脑有了基础常识，还学会了基本操作，进而掌握了报纸的排版、编辑等，更是通过主编报纸，创办了文学社团，且第一次在省级行业报和国家级行业报发表作品。直白点说，我所谓的作家梦正儿八经的起点就是在电信局。从90年代初期算起，我在一些报刊发表了好些所谓的作品，现在看来我都脸红不好意思说出口，在电信局那两年，我才真正开始踏上文学创作的道路。我曾在散文集《鲍坪》后记中说到，1997 年母亲的离世，才是我创作的真正起点，那时我正在电信局工作。

1998 年，一个偶然的原因，我回现在的单位办事。原来的领导要了我的联系方式，本以为是一种客套，不承想快到年底时竟接到领导电话，邀请我回这个当初我打包袱走人的单位。甚至没做过多考虑，我就答应了。考虑到单位待遇不错，更多的是考虑到业余写作的时间问题。电信局太忙了，写作只能忙里偷闲，若要稍稍写出点名堂，时间显然不够用。当然，还是想杀个回马枪，在哪里跌倒就在哪里爬起来，而且还得昂着头爬起来。这是土家人的性格，更是我的性格。

到了如今的单位，整体待遇较之于电信局是好些，也轻松不少。这个我当然知晓，我的算盘打的就是这个。还有一个算盘得从我和一些杂志社说起：从 1995 年第一次参加佛山期刊出版总社在中山沙㴇举办的那次作者交流会开始，我先后与佛山的《外来工》、深圳的《大鹏湾》、江门的《江门文艺》等面向"打工一族"的杂志建立起了联系。尤其是《外来工》杂志，经常来中山举办各种活动，基本都是我做中间人。不谦虚地说，他们找到我，就等于成功了一半。我会提前联系好工厂和作者，他们一来就可以直接开展活动了。随之，我和不少杂志社的老师和编辑们建立了既是同行又是好朋友的关系。在这个过程中，还与中山不少作者成了好兄弟，比如熊斌华和熊隆重这二熊。那时候，我们基本上一个星期有好几天混在一起，要么吃饭喝酒谈文学，要么喝茶洗脚扯闲白。日子久了，免不了想在一起搞点事情，就扯到了我们最熟悉的打工文学。

刚好那时佛山期刊出版总社的兄弟提起了在省城负责《文化参考报》的老谭（此处不便点名），经过他牵线搭桥，多次电话沟通，达成了合伙创办《文化参考·打工文化参考报》的意向。为了慎重起见，我们还草拟了合作协议：由老谭负责报纸的刊号等事宜，我和二熊各自负责相关板块。接下来就是租办公室，购买办公用具以及开通电话和传真，等等。

那时我老家的房子已然建好，装修也全部完成，手头上也因此有了点积蓄，一颗不安分的心又开始骚动了。有人说我本质上是个文人，这没错，我何尝不想通过自己的努力既能在文学上有所成，还能赚点钱？说到底，我首先更在乎的是钱，钱能帮我解决很多现实问题。事实上一个具有文人气质的人，要想与钱成为亲密的伙伴，还真是不容易。这之前我还与侄子开过广告公司，那时总觉得有些关系，怎么着也不至于开不下去。事实上最后都是按照妻子铺设的线路而发展下去的，经过多次的实践，我最终不得不认定妻子的乌鸦嘴属于铁的事实。

同样，创办报纸的事情也遭到了妻子的极力反对。但我认定的目标谁也没法阻止，就如从五星搬到水关街，不管最终的结局如何，反正我得先搬过去再说。妻最终没能拗过我，是因为她太了解我倔强的性格。

在水关街能顺利租到这间月租才六百块的房子，自然就要说到陈所长。我在电信局主编报纸，他是我们的特约专家。老陈在皮肤性病防治所工作，是本地资深"原住民"。找到房子那天，按照上面的电话打过去，居然就是陈所长接听的。原来那套房子真正的主人去了国外，委托他帮忙出租。很快就等到了所长过来开门看房子，虽说有些陈旧，但位置合适，又是三房两厅，蛮符合我们的要求，唯一的缺点就是楼梯有点窄。老陈很爽快地说，与你这么熟，八百就减两百，六百吧。

水关街位于旧城区中心，紧邻孙文路步行街，与孙中山纪念堂不到三百米，再旁边就是早年市政府所在地。中山城区本就不大，不少兄弟都在城区四周，一个电话不出十分钟就都来了。位置的区域优势，让我的呼朋引伴呈现出非常好的效果。水关街四楼的常客应属熊斌华、熊隆重这二熊了。当时，斌华住在"壹加壹"隔壁，隆重住在人民医院隔壁，与水关街的垂直距离不过几百米。我们仨曾自己出资合编过一本《外来作者作品选集》。那时候的斌华在报社做记者，这本书的题字还是他找到著名文化学者余秋雨先生题写的。那年余秋雨携夫人马兰来中山海上庄园游玩，报社派他去采访，硬是逮住机会当场就给这本书题写了书名。该书四十余万字，基本上囊括了当时中山所有的外来写作者的作品。为此，我们仨常聚集在水关街四楼，一边喝酒，一边畅谈着我们的将来。明亮的灯光下，我们说着说着就谈到了未来一定要在一起干一件有意义的事情。多次商谈的结果是，要办一份面向打工一族的报刊。虽说此前在中山已经有周崇贤、饶长春、符马活等人创办的《打工报》，但因种种原因而停办了。我们综合了此前所有关于打工一族报刊的成功或者失败的经验或教训，结合自身的长处，决定创办一份综合性的打工刊物。

斌华来自江西，隆重来自湖南，而我来自湖北，不同地域的三个人三种性格，在结合三人各自的长处后，我们决定放手一搏。那时，我们仨都青春鼎盛，斌华还不到三十岁，正是想大展宏图干一番事业的年龄。经过多次论证决定后，我们三人兴奋地跑到楼顶，面对着城区的万家灯火，激动地高呼着口号：打工文学，我们来啦！

就在我们一切准备妥当，要求老谭来中山详谈开业事宜时，老谭却支支吾吾顾左右而言他。二熊在我旁边，我与老谭的通话他们听得一清二楚，发现事情不对路，我正要跳起来骂人的时候，他俩及时按住了我。说起来我的性格比他俩暴躁多了。我这人巷子里赶猪直来直去惯了，谁要跟我耍花花肠子我就跟谁急。一看老谭要撂挑子，放下电话我就对二熊说："明天就开车去广州找到他，找不到人老子就将他的四个车胎全放气！"此前老谭来过中山，我们知道他的车牌号，更知道他单位地址。别看斌华平时对啥都满不在乎的样子，此时却异常冷静。他们或许以为我心疼投资的钱打水漂了，其实，我是对不讲信誉毫无担当的男人的一种愤慨和极度鄙视。这个性格，多年以后直到今天，依然没有丝毫的改变。

办报纸一事，就像此前我开的广告公司一样，满怀期待开始，不了了之结束。还拖累了斌华、隆重两位要好的兄弟。

世事难料，这中间还有一段插曲，差点就成了故事的主题。

却说我在打工期刊界有了些名气，不知怎么就传到了远在湖北武汉的《知音》杂志社。那时正是打工期刊流行的鼎盛时期，《知音》凭借着杂志的品牌效应，创办了《打工知音》半月刊，正在珠三角寻找发行代理人，我顺理成章地被他们物色为中山地区发行站站长。

《打工知音》广东发行站负责人叫章克刚，原为《知音》编辑。说是广东站实际上是珠三角。广东这地方，富得流油的实际上就是珠三角。电话里我与章克刚只聊了几分钟，这事基本上就定了下来。我也是湖北人嘛，聊的话对路，他当即决定从广州来中山商定具体事宜。好像是第二天中午，他就按图索骥找到了水关街，并在我居住地附近见到了面。商谈一如之前的交流那般顺畅，那天中午，照例像我与中山的兄弟们一样，喝得热情似火，满脸通红。

帮发行站具体送货到全市和各个镇区摊点的，是我表弟。配送杂志当然得有交通工具不是？我又动用结识的朋友关系，买了一辆二手摩托车。

原本以为能混出一点名堂，可根据派送的杂志数量和收回来的款项一计算，除去摩托车的油费，尤其是那辆车的维修费，不算我的管理费用，仅人工工资都很不理想。为了更好地运营这个发行站，我先后联系了《大鹏湾》《江门文艺》等几家杂志，作为站里的发行补充，最终还是没能完成自我救赎。

今日，我已经忘记这个位于水关街的杂志发行站最后是怎样闭幕的了。事实上，当初开广告公司失败的收场，我同样忘记得一干二净。不是我不长记性，我觉得这与我的人生观不无关系。我曾对不少来中山投奔我的无论是同辈还是晚辈说过：年轻时努力过拼搏过就足够了，所谓做事在人成事在天，问心无愧就不虚人生此行。

也许不少人在一次又一次遭遇人生的滑铁卢后，会变得一蹶不振。实际上我与之前相比，基本还是原来的样子。可能每个人的人生观世界观不一样吧，反正我该吃吃该喝喝，就像我在《元宵》一文结尾所说的那样：该死的卵朝天，不死的又过年。无论是报纸创办的变故，还是刊物发行站的关闭，都没有影响到我生活的质量。比如说，那时候我就常带着刚满五岁的女儿，去孙中山纪念堂看粤语戏曲表演，去水关街路口那家早餐店吃粉包，又或是让还在武汉读大学的表弟过来中山，给他找一份家教来获得下学期的学费……

总之，水关街发生的事多着呢。在那里丢了好几部单车，经常和写作的朋友们一起喝酒，老家的侄儿侄女前来投奔我，还有我单位的老板过来看我。二十年过去后的今天，斌华早辞去了报社的工作，辗转多个单位后，做了灯饰行业老板；隆重则在中山做广告公司大起大落后，去东莞做了一名交警；当年还在读书的表弟如今也在浙江做了老板；女儿也大学毕业留在了苏州开始创业；当年莅临寒舍看望我的老板退休了十多年，她女儿又成长为我如今的老板……

所有这一切，都会在某个特定的背景下——在脑海浮现，让我切身感受到什么才是人生真正的厚度。

濠头

　　许多年前，孙文东路还不曾延伸至濠头。石岐到濠头，尚要经齐东兜个圈绕过如今的峰景花园，才能抵达濠头牌坊。齐东至五星的干道贯通后，濠头便有了两个牌坊。新式样的牌坊有"濠头人民欢迎您"字样，刚开始还有些抢眼，后来就被旁边各式广告淹没。这当然是若干年后的感觉，却是如今濠头的现实印象。

　　那时的嘉华电子厂相当牛，一个厂就七八千人，厂里的宿舍不够住，就有工厂妹在附近的上陂头租房子。原本上陂头与濠头仅一沟之隔，少有人去那边租房。这又有点像当下的濠头，有了新门面便有意无意疏远了旧门楼。不知道濠头历史的人，总觉得这牌坊突兀，怪怪的。每每上下班高峰期，牌坊就成了瓶颈，或者分水岭。牌坊边还有个车站，其实就是个停车的地方。某次省报来的朋友搭乘公交到了濠头，我开着摩托车，兜了几圈才找到。我说的牌坊是新的，而朋友说的则是旧的。新与旧肯定将许多人整糊涂过。而且，新与旧的界定也并不明显，更与人的熟视无睹有关。就像濠头车站，天天从那里路过，并不觉得有一丝的怪异，除非仔细去看，否则难以发现它的"老"。

据说始建于明朝的濠头探花牌坊，其实当年此间并无乡民高中探花，这探花牌坊是仿造的。牌坊上"浦江世泽"几个大字，目的是借此来提醒后人宗源何地而已。不管此事的真伪，时间一长，总会有点历史感和沧桑感这是无疑的。探花牌坊旁边是一所翻修过的小学，显然有某种意义上的启示，只是总感觉到有些轻浮，特别是读了郑集思先生的《濠头纪事》，这种感觉更为明显。

新牌坊的竖立，正是孙文东路延伸的必然结果。自从那条长满青草的微微发臭的河沟，被挖掘机和搅拌机闹翻天的时候，濠头一个接一个的楼盘，将雨后春笋般冒出。世纪末的某一天，几乎没有多大辗转，我便成为濠头新历史的一个小符号。如果硬要找出其中的理由，我只能将那些过往的毫无关联的东西扯出来强加上去。那些年我全部身家，大概就是一部单车和几箱子书，以及一摞手稿。公园要门票，妻又常加班。哪儿也去不了，便在如今的孙文东路700号左右路段，将单车往河沟上一扔，坐在青青的草地上，谋划着我们的将来。然后，就什么也不说，枕着青草望着蓝天，听自己心跳的节奏。

尽管随着岁月无情地流逝，我在这个社会里也赢得了某些乡人眼里的成功表象，自己却看得异常清楚，就像我住在七楼，时不时就会感到某种意义上的不踏实。回想这些年走过的路，就常慨叹人生难以设计，如我一般平庸之辈总是只能走一步看一步。有人说此乃现实主义，吃着碗里的最多也就想着锅里的，绝不会想到粮仓。每天，我骑着摩托车，早晨老老实实去单位，下班规规矩矩回濠头，然后就在键盘上继续做着我的文学梦。春去秋又来，秋去春又至，孩子从蹒跚学步到如今快要高中毕业。同一幢楼的好几个孩子眼看着变成了大小伙或者大姑娘，回头再看看自己，二十年的岁月抛在了身后。弹指一挥间的二十年，我却见证了太多的生离死别，故土的，这座城市的。无论我与他们有无关联，都让我感觉到了一种人生的不真实感和虚无感。可是，我敢自豪地说，我比许多人过着更为真实的自在的生活。

说我因此就爱上了濠头，现在为时过早。说我是濠头人，更是有些牵强。住在濠头，户口在濠头，孩子上学也在濠头，我就像一块楔子硬生生地楔进了这个名叫濠头的村庄。尽管妻每隔一段时间就要收到居委会例行检查的通知，甚至每次还有几块钱的福利。尽管孩子帮我去居委会办理证明，每次别人都说在报纸上认识了我，可我还是和濠头有些夹生半熟。一年四季，我在普通话粤语和家乡话中间周旋，我的菜谱也介于两地之间，我的身子和灵魂同样介于两者之间。像一台天平，我不断调整两边的砝码，寻找着最稳定的平衡点。每当回到故土，先是强烈的归属感，而后又变得心理上极度地不踏实。每当回到濠头，才感到真的回到了家里，时间一长，又想回到那个生我养我的地方了。这种折磨和纠缠，后来我才明白是一种追随幸福的疼痛感。

余秋雨说，没有远行就没有真正意义上的家。也难怪这些年我在这个叫濠头的地方，写那些乡土的文章写出了如今的颈椎和腰椎病。那种疼痛啊，一边连着幸福，一边连着痛苦。随着痛苦幅度的持续加深，随着我在濠头居住的时间越久，我心里的砝码便会慢慢往如今的濠头这边移动。又像我每天早晨的慢跑，围绕濠头外面的那个圆圈，从家里出发，转一个圈子，再回到家里，便是我的一圈。我想，我的人生莫不如此，再过若干年，我终究要回到出发的地方。这个地方，不是几千里之外的湖北乡下，而是眼下这个叫濠头的村庄。

第二辑

浮世绘本

身份证

我是在第一次读到"贫穷限制了想象力"的金句后，才顿悟出那些年好多东西都看不到，甚至连想都想不到的直接原因。比如，身份证。

二十岁前，根本就想象不到人类还有"身份证"这个词。身份倒是有的，可在我来到这个人世后所见所历，哪有什么身份可言？反正在我熟知的周围，似乎只有那些被称之为"同志"的人算得上是有身份的人。首先是穿着一身制服，上衣左胸前别着一支英雄牌水笔，荷包里说不定还能摸出一包圆球牌香烟。像我们这种吃了上顿没下顿的家庭，毫无身份可言。

我觉得想象力还有点像理想，得一步一步来。可偏偏我们读小学时老师要我们写自己的理想，几乎每个人都是要当科学家之类可望而不可即的目标。如果哪位同学说要当农民，得让人笑掉大牙。及至稍大，才理解到那是革命浪漫主义情怀。而当我们从无比浪漫回到现实的苟且时，才深深体会到理想必须根植于现实的土壤，得一步一步来，否则就成了痴心妄想。比如代步的交通工具，我们首先想买的是单车，其次是摩托车，再是小车，最后才是飞机。当然，个体情况不一样，也可以直接从走路就过渡到买小车的，但是，好像还没有从走路直接一步到位买飞机的。

想不到，说明当时的条件限制；无法想象，同样是条件限制。就说身份证吧，不仅没想到会出现这个东西，更没想到还有幸参与其中。那时候就连户口簿都等同于虚设，结婚吧，摆个酒就等于结婚了，不少人过了一辈子，娃娃一大堆，也没去扯结婚证。大约是高中毕业后吧，忽然有天村主任通知说，要我参加村里身份证登记小组，有无工钱我都没问，就跟在他们屁股后面开始干活了。

钢笔字还算不错，应该是我能入选小组的理由。我也不知道他们怎么就判定我能写一手好钢笔字的，估计见我读书时间长呗。三十几年前的字现在回头看，除了脸红和羞耻外，实在找不到其他东西了。那时候的身份证一律手写，字好是最基本要求。但部分人不清楚自己名字的正确写法，登记人便根据自己的理解，于是，不少土话的同音字就堂而皇之地板上钉钉。甚至闹出笑话，比如将住在高山的村民，想当然地弄成了高山族。

登记身份证还遇到过不少老人家不配合。人说，我都七老八十了，又不出远门，有啥用啊？花几块钱办个没啥用处的身份证，倒不如省点钱买盐。好说歹说就是不肯，最后说是免费的，便不再坚持，反正身上没掉一坨肉，不搞白不搞。

多年后的今天，我还在想，当时参与其中，可以说基本没将人的名字弄错，但我自己的名字被人弄错了。当然，估计是父母的原因，最后连辈分都没搞清楚。"功"变成了"公"，搞得后来好多同学一直以为我的名字叫谭公才，直到多年后我身份证丢失了再去补办，才改回现在的名字。而改回的名字又与毕业证上不一致，导致后来找工作时，一次又一次和面试官做解释。

却说随着那股山风去到千里之外的海边，已是数年后的某天。也就是那几年，这个世界发生了诸多令我惊讶的变化。其中之一就是，我怀揣着这张印有名字和地址以及一串串数字的证件，便可以在祖国大地上畅行无阻了。这种情景，十年八年前哪敢想象？甚至梦里都不曾有过。到一拃远的隔壁村去，哪怕是走亲戚，如若没有"路条"，简直就是寸步难行。

有了身份证至少可以证明你的出处，但若还要证明你不是盲流，对不起，还得再行办理暂住证。身份证，它可以有效证明你是谁，从哪里来，却解决不了"去哪里"。它需要伙同"暂住证"一起，全面而充分地将你定位在两个点上，当然，仅有这两点仍然不够。君不知三点决定一个平面么？于是乎，要解决"干什么"的疑问，你还得有工厂里的员工证。

工厂招工，起码得有身份证，这个是首要条件，否则免谈。其他的诸如毕业证、劳务证、未婚证、暂住证等，则根据各个工厂的要求而定。那时珠三角尚处于火热的开发期，自北而下如我一般的打工仔打工妹，多暂住于出租屋。有的是房东直接出租，有的则是整幢楼承包出去，自己做甩手掌柜。那些二手房东即包租公包租婆们，大多是来自外地的精明人。他们将承包过来的房子，进行简单的隔离和装修，然后再租给我们。于是，治安问题成为管理漏洞，常有贵重物件被盗。

我的身份证就是那个时候被人偷过一次。记得1993年下半年，刚来不久的我，还在沙萌跟着一帮老乡在码头上搬运水泥。趁着没活干的时候，我踩着一辆十五块钱买来的二手单车到处应聘。当我和另外一个老乡双双应聘成功，要交身份证时才彻底傻了眼。这事过去后，我观察了好几个月才得出一个可怕的结论：是同住的老乡做了手脚。为此，我耽误了好几个月时间，又专程回老家重新补办了身份证，直至 1994 年下半年才通过职业介绍所找到一份较为稳定的工作。

没有身份证也并不意味着完全无路可行，同乡中就有好几起借用身份证进厂的事。在中山一家配件厂工作被大家喊做老三的，当时没有身份证，就拿着他大哥的证件蒙混过关。几年下来，厂里的员工，甚至同乡都将他哥哥的名字喊熟了。几年后他哥哥通过内部关系也来到这家工厂，不知用了何种办法，最终算是还原了各自本名。这桩趣事后来被老板知晓，好在没深究，原因在于他干活还不错，但这事一直被我们当作笑话，时不时拿出来戏谑一番。

还有一位年仅十七岁的远房侄女来中山，因未满国家规定的用工年龄，也是借用同乡的身份证，才进得工厂。工厂人事部在经年累月的招工过程中，早已得知借用身份证的招数，便翻来覆去问些问题。最主要的无非就是身份证号码，家中主要社会关系，等等。所谓上有政策下有对策，花上一点精力，对付过去也并非难事。

好在那些年还没有开始全面购买社保、医保之类的个人待遇，否则，不知道最后该会产生什么样的后果。反正，到 2000 年后，就甚少听说借用身份证进厂的事情了。

丢失身份证补办或是身份证到了换代时间，一直是外来打工一族颇为烦心的一件事。回到老家办理，麻烦不说，时间上也不太合拍。都想利用年底回家过年的机会办理，总会遇到这样那样的难题。前些年据说不少省份都解决了这个难题，直接在打工当地就可办理。还有就是，第二代身份证比第一代多了防伪功能，伪造身份证的不法分子一下子就失去了市场，而大数据时代来临的当下，据说身份证的功能更加齐全，只要读取身份证，你所有的信息都在里面，有点像你的胎记，无论走到天之涯海之角，父母总能一下子就辨认出来。我贫穷的想象力，实在难以想象再下一代的身份证该要走向何方。

毕业证

毕业证实在是一块打工最走俏的敲门砖。

这砖头几乎是一砸一个准，没被砸着的除非出现以下几种情况：其一，你的专业是好，但与人家要招的专业相去甚远，比如，你是化学专业的，而人家要的是计算机方面的。其二，人家的庙宇实在太小，容纳不了你这高才生。其三，你那毕业证的制作工艺太粗糙，里面填写的字迹太像小学生了，让人家一眼就瞧出来是"流嘢"。

一张盖有某某名牌大学的毕业证，换来的是一份舒服得让人羡慕不已的工作，和让人既心动又眼红的薪水。即便一般普通大专院校出来的，也与人有了较大的差别。还有一个眼下最为现实的问题，这个问题困扰着许多没有文凭却又有本事的人。他们常常问自己，凭什么有那张纸和没那张纸的区别就如此大？当然，还有一种，便是两者都不具备，但他们胆子大。这个时候，很自然就出现了各种各样的证件制造商，打出某某证件集团公司的名义，你的思想还在打滑滑时，就有推销员恰到好处地递上了他的名片（当然，更多的名片出现在各种广告栏或者街边巷尾的"牛皮癣"上），你只要按照上面提供的业务联系电话，在约定的地方缴纳少许定金，最多半天就可以一手交钱一手交货了。不必担心这定金会打水漂，证件制造商非常有敬业精神和职业道德。

你不得不佩服造假公司居然具有如此先进的技术和高效的工作效率。工艺精致得几可乱真，想什么时候提取就什么时候提取。全国各地名牌大专院校的证件，几乎无漏网之鱼。或许是成本低利润高，当然也是市场需求旺，造假公司越来越多，竞争也随之越来越激烈，最后只好以量取胜，凡能张贴广告的地方，他们都会见缝插针。更有人将广告贴在公交站牌治安岗亭等地，甚至塞到你家门缝。

那年头，除了毕业证、劳务证、计划生育证、未婚证、待业证等都曾出现过不同程度的市场需求。一些跨国证件集团公司，他们的实力可以说相当牛。只要你有需求，缴纳合适的费用，就没有解决不了的问题。据说这些证件集团是一个产业链，一环套一环，从业人员众多，分工严格而精细，极少出现纰漏。另外，成本低利润高，促使不少人在掌握系列流程和技术后，纷纷选择转移地方单干。

"牛皮癣"将越来越多的"大学生"送进了工厂，他们要到了想要的生活。而那些拥有资产的暴发户老板，眼看着一个个高才生被揽至门下为自己效劳，内心逐渐膨胀竟也成为常态。看吧看吧，那么多的大学生，不也得靠我这个小学都没毕业的人发工资？不过，老板们逐渐才发现，不少大学生是中看不中用。当然，也有在实战中不断积累经验不断自学而赢得战绩的"大学生"。

于是，鉴定"李鬼"的专业机构应时而生，"李鬼"倒是越来越少了，但又有新的"克莱登"大学不断产生。各种函授电大等机构一夜之间如雨后春笋般冒了出来。培训机构泛滥的直接结果是社会上的高才生越来越多，再加上全国各类大专院校的招生数量也在逐年攀升，一批又一批的专科本科甚至研究生博士生大量产生。毫不夸张地说，往大街上随手扔块砖头，百分之百会砸到大学生，再在他身上一搜，口袋里保不准还有这学位那学位一大把。其结果是许多拥有高等院校名片的所谓人才，被后浪拍到了沙滩上，不死也是半活。于是乎喟叹就业难，吐槽用人单位有眼无珠，抱怨自己无用武之地。

这边厢是拥有正规院校毕业证的学生找工难，那边厢是用人单位难以招到理想的人。处于两难境地的单位，开始将眼光瞄向了各类职业技术学校。因为只有那里才有他们需要的实干型人才。何为实干？就是有动手能力。企业要真正发展，第一要素是什么？是生产力。管你白猫黑猫，逮不到老鼠绝对不是我要的猫。于是，职业技术学校硬是在市场的空隙间找到了切入点。

曾几何时，用人单位逐渐提高门槛，总以为单位的发展就是文凭的叠加。但文凭与水平不成正比，不可否认，还有一种纯粹的虚荣心在作怪——你看咱单位博士都好几个呢！其结果导致人不能尽其才，学不能尽其用，浪费了不少人力资源，给社会也树起了一面歪风邪"旗"。究其根源，一方面是对人才的认识认知不够全面而客观，不少人才就在眼皮底下，却偏偏要舍近求远，标准的墙里开花墙外香。崇洋媚外的心态自然也不少，以为只要是在国外镀金了的"海龟"，就是好东西。另一方面还有少数低学历的老板，有种病态心理。自己小学初中文化水平，没高学历就是不要，这种情况在90年代初期尤为明显。

边防证

刚进初中那阵，政治考试中有个非常重要的知识点，就是我国最早设立的四个经济特区，分别是厦门、深圳、珠海和湛江。那时只知道特区的大致方位，根本不敢奢望有朝一日能去到那里一睹其迷人的风采。十多年后我来了沿海，才知道特区不是想去就去得了的。那里有着许多荷枪实弹的兵哥哥，得有边防证才能通行。

边防证也叫边境证。这个证得在户籍所在地起码县一级的公安局才能办理，近些年才知道叫出入境管理处，专门负责办理出入境的相关事宜。至于要提供哪些证件和证明，到今天我依然不太清楚。不少朋友问我，去过香港和澳门没有。我说没的时候，他们眼睛瞪老大，好像我在撒谎。事实上，当我的户口从老家迁入中山后，办个出境的证件应该是分分钟的事情。在我看来，去香港无非就是看高楼大厦，广州、深圳的高楼大厦还少吗？去澳门，无非就是逛葡京赌场，我同样提不起丝毫兴趣。

刚来中山的 90 年代初，只要听说某某在珠海打工，就觉得这人肯定工资高，经济特区嘛。那时，与珠海一墙之隔的坦洲，有蛮多老乡在那里打工，我们县一个叫三里的小镇，在那里就有不少人。和我一起在中山城区混过日子的祥云，就有亲戚朋友在坦洲。没活干的时候，我们就踩着破单车，往五十公里以外的坦洲狂奔。我们是受了祥云的蛊惑才吆三喝四的。这个家伙常给我们讲，他是怎样在没有边防证的情况下，走小路，水田坎，扛着单车进入珠海经济特区的。他还讲了不少关于特区的见闻和传说，撩得我们这些一次都没去过的心里痒。但那边半个熟人也没有，燃起来的火苗子也就呼啦啦蹿了那么几下，就给自己掐灭了。

中山城区到坦洲说起来也就五十公里左右，得连续踩三个多小时单车。到了坦洲，屁股早已麻木，浑身散架。晚上一班子人猛灌了一斤多白酒，第二天一早又踩着单车赶回城区去上班。那时候年轻力壮，精力充沛，再苦再累睡一觉就还原了。

跟着祥云去过几次坦洲，原本想看看那边能否找到发展的路子，哪知这家伙有点飘，没一次落到实处，算是跟着浪荡了一阵子，开阔了点眼界而已。唯一的印象，就是对105国道进入珠海地段"珠海经济特区"那巨大的横幅有点感觉。尤其是古鹤到珠海边检站那段，有一半属于珠海辖区伸出来的一个村庄，全用围墙和红缨枪一般的铁栅栏隔离开来，再与边检站那些荷枪实弹守卫的武警战士联系起来，感觉就像一座神圣的天然屏障，横亘在我面前。

后来，听说就在边检站旁不远的地方，可以现场办理边防证，然后就可以出入珠海经济特区。姑且不论是否真实，反正那时我已找到一份比较稳定的工作，不再对这个地方特别的关注。另一个重要原因，则是因为我所在地中山的经济发展，早已让人颇感自豪。至于那道颇具象征意义的岗哨，究竟何年何月何日拆除，似乎在整个社会没能掀起多大的涟漪。想来，最合适的理由，应该是特区并不再比别处特别了吧。

再过几年我去珠海就像赶场一般勤便，就发现一个人生的道理：有些人原本与他人并无二致，如果遮遮掩掩神神秘秘起来，倒还真是让人产生一探究竟的欲望。又有点像少女披着的那层面纱，一旦曝光本来面目，反而有点失望。

一晃就是好几年过去。我在中山不仅有了稳定的工作，还在珠三角不少杂志上发表了些豆腐块，结交了不少文友，包括时任中山日报副总编辑的文卿本家大哥，我时不时就跑到他家里蹭酒喝。说起谭文卿的酒故事，但凡与他有过交往的，都知道其人不仅酒量大，酒风极正，且九江双蒸乃其挚爱。值得一提的是，这老大哥有一帮酒友，不仅中山，周边城市也不少，自然也包括珠海。

那日，谭大哥电话我，说珠海来了老友，要我下班了就去他家陪客。可装四两的那种茶杯，下酒菜还没上桌，就干喝了两杯。原因很简单，此人乃珠海边检站站长，文卿大哥同乡。说到边防证的事情，就有了诸多喝酒的理由。那些陈年旧事不说也罢，经过诸多世事之人，不说都会明白。反正那晚起码每人喝了五满杯，虽说双蒸不到三十度，那时酒量也还不错，仍然不知道最后怎么回到出租屋的。

次日酒醒，感慨良多。这个世界上，太多事情都是马后炮。没有无缘无故的爱，更没有无缘无故的恨。一个证，自有它本身自带的故事，更有持证人赋予它的故事。它的诞生，它的灭亡，都是时间的必然结果。犹如至今我一次国门都未踏出，不是证件阻拦了我，而是现实从未给予我走出去的必要条件和必须的理由而已。

劳务证

直到现在还是没能弄清楚，劳务证的准确定义。百度"劳务证"或者"什么叫劳务证"，出现的是劳务证书、劳工证、劳务派遣证明，等等。就是没有明确的劳务证一词。这就奇怪了。当年那么多工厂和企业要这个证，居然没能在网络上留下一点痕迹？

事实上，90年代初就到了沿海地区的我，不仅见到过不少老乡进厂要提交劳务证，我自己进某公司也的的确确办理过此证。其中的细节早已模糊，这段经历却永远不会忘记。

按照现在普遍的要求，进厂需要的无非也就是身份证、毕业证。当然，那些能证明自己"本事"的这证那证，你自会主动投怀送抱的。

劳务证是要到所在地劳动局办理的，只要前面有人办理过，总会问得到相关人。其实，也就是携带身份证，提供照片，缴纳几十块钱就能办定。麻烦在于，都要到县劳动局集中办理。那时交通还不太方便，少不了几个人"搭伙"。一个人去趟县城，同时办理好几个。有关系的免不了在很轻松办理之后，嘚瑟一下，也极为正常。

彼时尽管已兴起职业高中或是职业技术学校，相对于散兵游勇的社会务工（那时还叫打工）人员，他们具有一定的专业优势。尤其是2000年左右的用工环境已悄然发生变化。那时的珠三角多为电子、制衣、玩具之类的工厂，需要大量女工做手上活。男工除非做工地下苦力，要在工厂找到一份轻省工作，不是难，而是非常难。一个职位好多人报名，人事部就以貌取人。同等条件下，哪个长得周正入得了法眼，撞彩一般，就像得到皇帝宠幸的妃子。应该说这个时候的劳动局，还是起到了不小作用。他们和珠三角的一些大型厂矿企业取得联系，将职高毕业生一批一批送过来。安置好这些学生的同时，也为学校下年度的招生做好了铺垫。

我靠着一份小报主编的便利，曾在一个饭局上认识了湖南常德汉寿县的劳动局工作人员，那口常德口音给我留下了很深印象。他那时的主要工作，就是负责职高毕业生的就业去向。三乡有家几万工人的鞋厂，里面相当数量的工人就来自湖南常德。如今那家鞋厂早已成为明日黄花，但留下来的常德人却成了建设三乡镇的一支生力军。好多人都在这块土地上安家落户，开枝散叶。

到21世纪初期，劳务输出基本上可以理解为劳动局的主业。很多"90后""00后"的年轻人，自是无法理解当年找工的不易。这种年龄上的沟壑，很容易成为历史代与代之间的沟壑。那时"60后"和"70后"，非常珍惜那份来之不易的工作。他们肩扛着父辈的指望，同时又满怀着对下一代的希望。基本工资很低，几乎完全要靠加班加点，才能挣得一份养家糊口的薪水。如今的打工仔早已蜕变成了打工爷。薪水低了不干，假期少了不干，加班多了不干，福利少了不干，甚至心情差了，甩手不干——临了还来一句：此处不留爷自有留爷处。

劳动局直接和用人单位对接，开不开劳务证已无多大关系了。这证本来就是劳动局出具，劳动局直接将劳动力送达公司，一张纸上一个公章，一切的一切，皆轻而易举。

劳动力资源丰富的地方，就有人在上面做文章。比如搞培训班，提高劳动力个体素质。有位老乡，早期开网吧、电脑培训班，赚了点钱，就和老家劳动局扯上了关系，又在老家县城开设培训班。并拉上我在港口开设劳务输出代办点。房子租好了，办公用品也买齐了，甚至还请来一名小姑娘坐班，最后在某个环节出了问题。总之，这个代办点没开几天就关闭了。

现在终于弄明白了问题的症结，发财的时机根本就没逮准。像暂住证、计划生育证、劳务证等，那时正在走下坡路。随着长三角等地区经济的崛起，庞大的务工队伍正在悄然东迁和北移，当年一个岗位多人角逐的景象不再。昔日靠人力资源丰富而兴起的职业介绍所，也正在一点一点失去自己的领地。取而代之的是，越来越多的工厂，不断加入人力资源抢夺大战，部分尚未寿终正寝的职业介绍所，犹如咸鱼翻身，继续为企业介绍人力资源。只不过，过去靠收取求职者的介绍费为主打收入，调转枪口对准了企业。而企业当然也心甘情愿主动"放血"——他们难道不知识时务者为俊杰？

正所谓三十年河东三十年河西，昔日腰杆弯曲得不能再弯的"捞仔""捞妹"们，终于有了和老板坐在一条凳子上谈价钱的资本和底气。细思之，原来那么多条条框框和繁文缛节，无非就是劳动力市场的供求关系不平衡。供大于求，必然会造成各种人设，使得老板们居高临下的姿态，显露无遗。

历史的车轮滚滚向前，劳务证这个词就像当年的寻呼机一样，最终消失在历史的硝烟中。而那些传统的职业介绍所，也正随多媒体的兴起而被挤兑到了奔溃的边缘。最近，我老乡黄海华就开发出一款叫做"工小铺"的软件，无论是找工作还是招聘，都可以直接在那个APP上操作，既方便又快捷，简直就是一个软件就干死了一个产业。

未婚证

未婚证的意思就是未婚的证明，一般都由计划生育主管部门出具。其作用就是证明你未结婚。而未婚与打工究竟有何必然联系？实在是个值得探讨的问题。

大概是二十世纪九十年代初期，劳务大军就一窝蜂往改革开放的最前沿阵地珠三角涌来。那时进厂可不比现在，凡找工作除了身份证、毕业证、劳务证外，还要两个证——结了婚的要计划生育证，没结婚的要有未婚证。用当下那句流行的话来说，一个都不能少。用人单位居然要这个证，居心何在？未达到法定结婚年龄的，自然是未婚，即使违反了法规提前结婚，关你用人单位何事？难道还想越俎代庖，把人家计划生育部门的活给干了？再说，即便人家早已超过了法定结婚年龄甚至比晚婚晚育还要晚，难道你还能帮人家立马找个媳妇结婚不成？

于是，我们经常可在招工现场听到这样一些啼笑皆非的对话："你连十八岁都不到，就结婚了？为什么？"那情形就像派出所审讯犯罪嫌疑人。年轻小伙子只得如实相告："我们老家穷，像我一样这么早结婚的大把，结了婚然后就跑出来打工挣钱建房子！"而对于那些年龄偏大或严重偏大的，就觉得被人揭了伤疤一般心里难受，却又毫无办法不得不过这一关。当时的实际情况是，许多打工者来到后才知道一定要未婚证，再返回老家办理又得一个来回的车费。如果采用邮寄的方式，时间又太长。这边是等米下锅，既来不及又不划算。胆大的和有路子的便瞄上了那些诸如"东南亚证件集团公司"，倒也方便快捷。

未婚证要去什么地方开？自然要到户籍出生地计生办。这用人单位没讨得什么实惠，却给计生办带来了一笔不小的收入，虽比不得沿海收取的暂住证费用，但在许多地方特别是贫困地区，已足以让那些收费单位的嘴巴笑得扯到后颈窝子去了。由于大量打工一族涌入沿海地区，僧多粥少，常常导致一个职位多人竞争，特别是男普工招聘，可谓一呼百应应者云集，谁拥有的"本本"多，谁年轻未婚，胜出的概率也就越高。

于是，我们又可以经常见到这样一些滑稽的情景。未婚的男人越来越多。一个又一个胡子拉碴的男人手持的大多是未婚证。有的干脆成套借用已进其他工厂老乡的证件。人事主管看看身份证，又看看眼前的面试者，总感觉自己的眼睛有些问题。便问："这是你的身份证吗？"回答自然老到："是啊。这是前好几年照的相片，现在是有些变化大。""那你知道自己身份证的号码吗？"面试者很顺溜就背了出来。为什么？这也叫"上有政策，下有对策"。经过无数次的摔打，那些屡败屡战的人，成了失败的成功者，总结出了一套对应的办法，终于成为进厂的成功者。

人说，三十年河东三十年河西。只一眨眼间上述现象就消散得不知踪影了。许多外商将开设在中国的工厂纷纷往越南、印度等地迁移，一度导致珠三角许多城市，特别是制造业最为集中的东莞陷入多重危机。再加上长三角等地经济的迅速崛起，沿海地区的用工环境一下就发生了戏剧性变化。以前人家是设置诸多门槛，一提高再提高，左挑右选，人家脸色稍有不妥，你心里就开始咚咚击鼓一般。以前你是求爹爹告奶奶的打工仔甚至打工孙，而现在若哪家工厂还在讲未婚证的话，不是有病就是白痴。现在的你成了打工爷，即便你胡子拉碴，只要你肯进人家工厂大门，他们就阿弥陀佛了。当然，前提是你得有真本事。

第三辑

南方辞

打工仔

　　一说到打工，首先想到的就是小时候，常听爷爷讲在旧社会给地主家当长工那些事。及至稍大，大概是责任制刚刚落实那阵子，会一手木工的父亲，常年都在左邻右里帮忙做手艺，眼看就要过年了还没归屋。母亲就一边忙碌一边抱怨："长工短工，二十四的满工！"意思是说，给地主家做长工或是短工，最迟到腊月小年这天也归家了，何况父亲是给别人帮忙啊。

　　改革开放后，农民多采取互助形式的"转工"。人们的主观能动性和自主权发生了根本性质的变化，其结果是大大提高了生产力。农忙之余，靠手艺或是小买卖挣点帮补家用的钱，称为搞副业。也正是这个时候，农村逐渐出现了第三产业。几千年来一直在泥土里刨食的农民，对生活的多种可能性，有了一种深度的想象空间，甚至是迫切的渴望。对于我们偏僻的山区农村而言，第三产业就相当于个体的农民也可以正大光明地做买卖了。

　　于是，那些年的小卖铺，犹如雨后春笋破土而出，来自四川、江浙等地串乡走村的货郎，到处兜售小商品。也正是那个时候，在政府的指导下，农民开始种植经济作物。至于那些提前尝到第三产业甜头的人，在改善生活的同时，又开始大兴土木。一时间，烟贩子、包工头、九佬十八匠纷纷粉墨登场。呈现在世人面前的，完全是一片百废待兴、欣欣向荣之景。而那些跟着包工头做事的，无疑就是如今打工仔的雏形了——当地人依然称之为"副业"。这种形式并非严格意义上的打工，它不是真正的老板与打工仔的关系，说到底，包工头不过是领头羊而已。

何为"仔"？本意是儿子或者小孩，广东人将小男孩小女孩称之为男仔女仔。所以，打工仔更多时候承担着一种以模糊代明晰的功能。但凡打工者，一律皆可称为"打工仔"，除非有特指的情况出现。

"仔"的近义词是"小"，其对应者必有"老"。于是便有"工仔"与"老板"这一对不打不相识的冤家。老板面前，工仔天然为小。工仔面前，老板天然为大。就因为老板是生产资料的占有者。但是，仅占有生产资料，如果没有工仔的劳动，再多的生产资料不但不会升值，反而会贬到一文不值。于是，这一对矛盾的统一体就必须在相互利用的过程中，竭其所能达到平衡，以求生产资料的不断扩大化。

越来越多的打工仔来到珠三角，必然会导致用工关系发生变化。20世纪90年代，几乎全国各地的打工仔都涌入珠三角，导致劳动力供大于求，老板们有太多选择时，招工的条件就会变得苛刻很多。甚至在工厂、企业担任着某些岗位要职的人，通过一些相对隐蔽的手段，与关系要好的朋友、同乡，做点金钱上的交易，或者其他方面的转折关系，等等，都是不可避免的必然现象。

劳动力市场当然不会一直一成不变。当长三角等地不断崛起之后，当不少城市逐渐发展起来后，劳动力的转移和变迁，一度又使得珠三角地区的招工变得异常困难。尤其是中国的人口红利消失的时候，从前的那些苛刻条件变了，工资待遇更好了，还是回不到从前了。有的工厂为了挽留住现有的人才，可谓大动脑筋想尽了办法。甚至每年春节期间，老板还亲自开车，带着重要管理干部和各种礼物，到外省员工家拜年，发红包，接员工回单位开工。想一想，其实也不过十几年不到二十年，就换了人间。

相信在工厂多年的老员工一定对近年发生的一些变化颇有感触。很多老板都对打工仔说："我们做老板在给你们打工啊！"个中酸甜苦辣，可谓一语道尽。老板们的日子不好过，打工仔们的日子自然会受到相应的影响。

想想多年前老板和打工仔似乎还是矛盾不可调和的冤家，现在，在他们深刻懂得相互之间的依存关系后，越来越多的老板和工仔之间的关系变得十分融洽，甚至相依为命，共同面对迎面而来的一切困难和灾难。

打工妹

广东本土对打工仔打工妹最通俗的叫法是"捞仔""捞妹"。

广东人极少说"打工",似乎这个词的专利非外来一族莫属。他们非常直接:"你在哪里开工?"占尽了天时地利的他们,就像在自家门口,实际上也的确就在自家门口,很正常也很自然。广东人务实的特点,也不允许他们转弯抹角。

不少合资企业或者独资企业,纷纷选择在珠三角开设工厂,看中的就是庞大而廉价的劳动力市场。不少老板坦言,单单劳动力差价这块,就有着巨大投资优势。况且,为吸引外商投资,每座城市更有不同幅度的政策优惠。

中国改革开放的第一波浪潮,带动了第一波打工潮,在沿海珠三角一带激荡起非常耀眼的浪花。这波浪潮最鲜明的特点,就是一步步改变着中国劳动力的结构,使其从传统的农业渐渐向手工业转换,即农耕文明向现代文明的渐进性过渡。

一条条生产线在机器的带动下,一大批打工妹固定在某个位置上,机械重复着一些简单而轻松的动作,便可批量产出同一个模型的产品。

为何是打工妹？相比于男工的粗糙，女工做事更为细心，容易管理，且女工要求比男工低，总之用女工的成本更低。于是，不少全自动或半自动生产线的工厂，几乎清一色的女工。仅有少量男工，负责搬运之类的体力活。

二十年前，无论是珠三角还是长三角，抑或整个中国，在工厂打工的"打工妹"，在数量上远远超过男性。尽管这种数量的比例现在发生了很大变化，但变的只是年龄上的要求。过去招一线打工妹，一般限定18—23岁，后来逐渐放宽，大多也限定在35岁以下。近年来大家可能发现又升到45岁了。但凡20世纪90年代走过来的那批人，不用想都明白，如果还在用那时的条件招人，恐怕从年头招到年尾，也无人问津。除非那间工厂的待遇超级好。

打工妹主要集中在制衣、电子、玩具、手袋、绣花等手工比较集中的行业。如果是流水线，打工妹只需在自己的岗位上完成既定的工序，流水线会自动将下一道工序送到下一位打工妹的位置。如果加班，一般都按小时计。是故，这些打工妹的工资基本没什么差别。如果想有差别，就得做到拉长、主管、经理等管理岗位。而这些岗位人事部门基本在运转前就已敲定，如果出现了离职、撤职，流水线上的打工妹才有机会转岗。当然，铁打的营盘流水的兵，企业内部的人才流动也因各种原因或急或缓。同为打工妹，文凭的高低和实操能力，一般就决定其发展前景。

打工妹多来自贫困地区。她们吃苦耐劳，开销上也竭力控制，通常都会将绝大部分钱寄回老家。家里的父母等着钱买化肥、农药、种子，或者等着交弟弟妹妹们的学杂费，甚至还要偿还早年欠下的欠债。总之，要钱的地方太多，而且一年比一年多，她们的青春年华却在永无休止的加班中，一年年老去。她们中间的很多人开始恋爱了，然后搬出集体宿舍去外面租房子。有的人还没回去拿结婚证就有了孩子。有的同居几个月，因各种原因合不来又吵闹着分手。有的孩子都几个了，还没拿结婚证，最后照样分崩离析。当然，还有相当部分打工妹一直过着单身日子，三十多了还孤孤单单。不是她们不想，而是要找到较为满意的并非一时三刻就能做到。打工妹从一个地方到另一个地方的移动，绝不是简单的身体移动。她们懂得多了，眼界高了，她们不再是昔日那个单纯得不能再单纯的女孩子了。

繁华落尽是缤纷。今日之珠三角，早已不同往时。用工荒似乎一年比一年严重，年轻一代"90后"的打工妹，几乎完全告别了低文凭时代。

老 板

　　仔细想来,小时候我就与"老板"打过无数次交道,只是彼"老板"与此"老板"有蛮大分别。大概六七岁吧,爷爷带着我走一个很远的亲戚,半路上口渴,便在路边坎上一户人家讨水喝。对话是这样展开的:"老板,讨个歇喝口水嘛!""快来喝茶,客气么子嘛!"原本是讨口凉水喝了继续赶路的,老板倒留我们爷孙俩喝茶。

　　乡下不认识的,当然不能凭空一声"喂",谁理你?叫一声"老板",立刻就亲近起来。老板就是主人家、房东,若换成法律上的术语,就是该幢房子的合法拥有者。与经济学意义上那个老板不同的是,他仅仅只是这家的主人而已。现在的说法就是业主,与真正意义上的老板有着质的区别。

　　真正懂得"老板",似乎要追溯到初中的政治课。讲资本主义,自然就要讲到资产阶级,讲到剥削与被剥削,讲到老板和工人这一对矛盾的统一体。每当读到"资本来到世间,从头到脚,每个毛孔都滴着血和肮脏的东西",心中就会鄙视万恶的资本主义社会。

　　20 世纪 90 年代初期的鄂西山区,黑白电视机仍属稀有之物,且信号微弱，想要完整看一个节目相当不易。即便有能力购买电视机的家庭，他们的意识却仍处于与人攀比的阶段。现实给予大多数人的理想，就是能将生产队分配的一亩三分地种好，解决一家人的温饱。家底稍显厚实的，终极目标也不过是成为万元户。只有极少数不太安分的年轻人蠢蠢欲动，在想方设法挣脱祖祖辈辈耕地犁田的枷锁。

那时对于老板最直观的认识，来自港台电视剧。及至到了广东，我早期遭遇的那几位老板，几乎与港台电视剧里的形象如出一辙。那位水泥老板，金牙齿，硕大的项链，抽希尔顿牌子的烟，还有花哨的跑车，当然更有砖头般的大哥大。此外，那位建筑工地的老板，个头虽小，调性倒也十足。还有一种最典型的暴发户老板，相信不少人都不同程度地见识过。皮鞋当拖鞋穿，走到哪里都将那大哥大拿在手里，这里指点一下，那里指点一下。要不，就是接不完的电话，常常随口飞来那句广东人的口头禅"丢雷老某"。

我还见识过一种老板——和职业介绍所联手骗钱的那种。那时可以说通街都是职业介绍所，求职者在缴纳一定的介绍费后，便可揣着介绍信前往用人单位开工。这种工厂一般都是帮别人做手工插件的，工价低，得靠时间去磨。不少进厂的最多挨不过三天，就会主动辞职。介绍费自然要不回来了。即便能坚持下来的，也不会太久，老板总会找出理由开除你，说试用期不合格，请另觅他路。这种办法，既不用发一分钱的工资，还能从介绍所那里分到该得的一笔。他们的生存法则就是唱双簧，一直唱到无法再唱下去。

伙同身边的老乡找工，也见过一些不像老板的老板，现在的术语叫创业老板。这种老板大事小事都得亲力亲为，一人身兼数职，属于全能型人才。而大工厂大企业一般都是人事部在招工，除非招极为重要的管理岗位，一般是见不到老板的。

至于我，当年怎么也不会想到某天一贫如洗的我，也会成为别人口中的老板。我来广东后，去菜市场买菜，刚进入档口，那卖菜的中年妇女就热情向我喊："老板，想买点啥？"我望望前后左右，确认现场就我一个买菜的后，脸上非常自觉就红了。随即，我不停地摆手："我不是老板，我不是老板。"慌张着从菜市场逃离出来——从前那些卖菜的要么不怎么搭理，要么就一声："捞仔，买乜嘢？"这是怎么啦？回到单位，与人分享这段尴尬遭遇。哪知道，本地同事告诉我，现在满街都是老板了啊。不管去到哪里，只要你是消费者，精明务实的广东人都会一口一个"老板"，生怕到手的生意给跑掉了。

老板在广东这个地方就是满地开花，就像当年的经理满地走。那时还很时兴派送名片，不管在何种场合下初次相识，彼此都会从口袋里摸出一个名片盒，恭恭敬敬挨个派发，从不漏掉任何一位。不过，在名片上从没见过印着"老板"二字的。当然，正儿八经的大老板们是不会轻易派发名片的。我就曾参加过一次有不少政界要员参加的晚宴。那位身家好多亿的老板礼貌性地派发了名片，上面也印有头衔，但联系方式仅留有办公室电话。

有人说老是板着两块脸的就叫老板。因为老板就是那个给你发工资的人。想想看，那么多钱要从他口袋里掏出来，他会开心吗？其实，那是说的过去的老板。如今的老板素质明显提升了好多个档次。他们深知只有将自己的员工当老板一样对待，才能将老板从小做到大，从弱做到强，且永远立于不败之地。

捞 仔

先讲一个发生在我身上的故事。

我刚来广东不久，试着在一个叫沙蓢的地方做下水道承包。先挖好宽、深约一米五的类似战壕一般的长槽，然后再将预制好的水泥管道埋下去，最后回土填平。除了在北京有过三个月架子工经验外，我可以说基本只有书本知识。所谓初生牛犊不怕虎，靠着粗浅的计算方法拿下了那段工程。于是，一边开工，一边修书向家里人搬救兵。最后的结果，怎么说呢？赔了夫人又折兵。中间那段土质特别坚硬，洋镐和铁铲都换了好几批，每天十个小时的劳动强度，还没多大进展。眼看挣不到钱，越干越觉得没劲，人心都跟着涣散了。从老家来的不是亲戚，就是邻里，纷纷出主意去老板那里谈判，再怎么说老板的心也是肉长的，看了实际情况应该会给我们适当提高点工价，万一谈不拢，再卷铺盖走人，哪怕前面的白干了。

就硬着头皮去找老板，希望老板菩萨心肠软一软，回去起码也得有路费。我支支吾吾还没说到一半，老板明显就不耐烦起来，打断我的话："我们不是签订了合同吗？说啥也没用！"我也急了："我担心兄弟们屁股一拍就走了，我一光杆司令有啥用？"还谈个屁的判，门还没开就被堵死了。

回到住地，大伙儿你一言他一句地吵开了，更有好几个年轻仔当即就要去河北一间砖瓦厂，那里有亲戚在。其他几个比我稍长的亲戚也表达了同样的意思。一帮人谋划了大半夜，才最终决定试一下最后的绝招，实在不行就打道回府。

第二天早上不到八点，老板带着几个马仔来到工棚催我们开工，大家还在蒙头睡觉，没一点要开工的迹象。他们就用广式普通话大喊："开工啦！开工啦！"喊了几遍，没人理会。然后就用手里的大哥大敲木床板，提高八度喊。这时，我们就用头晚商量好的对策，都从床上爬起来，你一句他一句，表达着相同的意思：干一天还不够一天的饭食钱，干个毛线啊。老板也许低估了这些人，也许觉得这些人有何德何能还敢跟他谈条件。总之，当时的实际情况就是，他的确说了一句"丢雷老母，嘭死捞仔！"之类的广骂，马上就激起了我们所有人的攻击，十来个兄弟你一言他一语用"川骂"与老板开怼。

那时刚来广东不久的北方人，基本上还不太明白捞仔这个词的使用频率，以及它体现的文化心理。

还是讲一个我身边的故事吧。

十几年前，单位有个来自东北的老师傅姓桂，我们叫他老桂或者桂师傅。人高马大的他，一口地道东北普通话，工作之余爱喝点小酒，搓点小麻将，日子过得特别有东北味。他原来是老家国营单位职工，那些年常到全国各地做安装和维修，单位正好需要一名技术服务人员，借此机会就留下了他。

或许是年龄偏大，又或许是性格原因，反正来单位好几年，粤语他不仅不会说，就连听也是个问题。像我们这样的单位，主要服务对象还是本地人。那些上了年纪的一般都不太会说普通话，如果对方一口叽里呱啦的粤语，而且还是更难懂的地方语，老桂就扯着个大嗓门："请讲普通话！"一般人也就马上改口，说那蹩脚普通话了。

有天遇到个二杆子货，回头唠叨了一句："死捞仔！"这下就真惹毛了老桂，立马出去要揍那二货。被同事劝了好半天，才慢慢熄下火来。

北方人最忌讳广东人叫自己"捞仔"。大部分人或许并不十分明白捞仔的真实意思，但从说话的语气和面部形态，便可以初步判断出并不怎么友好。据说最早是改革开放后，大量外地人进入广东，出于礼貌称本地人"老兄"，而在广东人的口里就叫成了"捞松"。后来随着大量外地人流入，治安不稳定，抢劫、盗窃等频频发生。在当时的本地人认为都是外地人引起的，后来的"捞仔""捞佬""捞婆""捞公"等衍生词就明显带有贬义了。这些词经过"传宗接代"，最后就变成了具有歧视意义的称呼。

当然，也不是所有称呼"捞仔"的都怀有恶意。不少老板由于叫惯了叫顺口了，一时间改不过来，就像难以丢掉的口语。广东人的口头禅，一句话来一个"我丢"，虽然究其实质还是个人素养的问题，但说话之人实在不是出于恶意。以我之见，一是面部的和颜悦色是否来自灵魂深处的信任，二是表达的善意是否来自心底的诚意。人与人之间的交往来自相互间的信任和真诚，语言是人与人沟通的第一道桥梁，相信每个人都会从语言的诚恳中读到彼此间的心电感应。

一个时代有一个时代的烙印。一个时代也有一个时代的专有名词。改革开放早已蹚过最初的泥淖，来自全国五十六个民族的兄弟姐妹，早在同一片蓝天下同一片沃土里，在日日夜夜的工作中，成为一个和谐的大家庭。文化和语言等方方面面的差异，正随着时代的发展和社会的进步而逐渐缩小。捞仔、捞妹的时代早已翻篇，另一个属于新时代的美好画卷正在我们面前徐徐展开。

出租屋

　　对于打工一族而言，几乎每个人都有一段属于自己的有关出租屋的故事。尤其早期出来打工的，不少人还有过睡桥底、芭蕉林的经历。讲给现在的年轻人，就像在讲一段古老的传说，甚或传奇。

　　在桥底或者芭蕉林里过夜的经历，幸运的我是没有的。我来中山那年，前面已有十几二十个老乡了。他们大都聚集在港口镇穗农街40号。据说是老家落渡的郭兵龙领头，在广东韶关某地给烟农当师傅失败后，通过各种转折关系来到了中山港口镇，在码头上搬运水泥，然后就在穗农街40号租房住了下来。如果要讲恩施人来中山最早有出租屋故事的，这批人恐怕算得上先驱了。

　　当然，我们得把早在1952年来到中山的严奉章排除在外。老先生是当时恩施行政专署组织部根据全国统一行动，委派到这里为香山县的重建工作而来的。这与真正意义上的打工，有着质的区别。

　　我原本是计划在北京待下去的，已到这边的朋友写信说，在码头上搬运水泥虽说辛苦，却是当日结算，每月下来也能挣上一千八百的，对于当时月收入才三百多块钱的我来说，无疑有着巨大的感召力和诱感力。穷怕了的山里人，有的是力气，不怕吃苦更是咱优良传统。三下五除二，结完北京那边工资，心急火燎就来到了中山。

朋友并不住港口穗农街，而是住在沙朗河边的一家私人出租屋。那时的沙朗还是单独的一个镇，前些年才划归西区管辖。据说主人搬进了新建的别墅，整个房子在水泥老板的安排下，全租给了十多个给他打工的水泥搬运工。后来才知道，三十多岁的水泥老板就是沙朗本地人。一口标准"广普"，与我们这些操着"恩普"（我们戏称我们的普通话为恩施普通话，简称"恩普"）的水泥娃交流有点困难，却也并无大碍。我们每天住在出租屋里，很少出去。即便出去，也只到附近的菜市场转悠一下，一旦有活干，老板就骑着那种昂昂叫的摩托，沿着依河而建的巷道，来到出租屋喊开工，漏了号便意味着要少不少钱。一班人坐等在出租屋，为的就是多挣点钱。老板一叫唤，一伙人就非常兴奋地找出披肩（包袱），踩着从别人那里买来的二手单车，叮叮哐哐往酱油厂方向赶。

因为老板的关系，那时根本就不用办什么暂住证。派出所好像也没怎么查过，治保会的倒是来过几次，也就象征性地随便问问而已。后来发生过几次老乡打架事件，派出所和治保会的都来了，老板前后周旋大概一个多小时，总算将事情给摆平了。

从恩施山里来到港口的老乡越来越多，部分既无文凭又没技术的，就在外面漂来漂去。日子一长，就开始当起了"街长"，这里混一顿那里混一餐。如果借钱不给，他们就会寻找各种借口闹事。说是借钱，实际上就是明着要。肉包子打狗，有去无回。谁又肯将自己辛辛苦苦挣来的几个血汗钱打水漂？打架就成了解决问题的有效途径。我当年就在沙葤干过两起漂亮的架,一度成为江湖美谈。至今讲起那些往事,好多人还在佩服。说,没想到看起来那么文弱的书生,下起手来还挺狠的。实际上当时也是现实逼迫,那样的环境,不出狠招,分分钟就有可能被别人干倒。

同在一起的老乡都知道,我和另外那个兄弟,除了干活外,大部分时间都在读书,用床板当书桌,在上面写写画画。干搬运的确辛苦,更谈不上体面,甚至很有点丢面子,但没活干的时候的确又很自由。尤其是一日三餐,除了太贵的,一般的菜想吃什么就买什么。搬运水泥是个力气活,更是个脏活。差不多一年时间,吃进肚里的水泥灰,估计没有八两也有半斤。很多时候,看到伴随咳嗽带出来的水泥结晶体,一种来自深层的担忧开始困扰着我。靠着搬运水泥的那点血汗钱,再加上从未婚妻生活费里挤出来的钱,那年年底,我和朋友一起自费出版了第一部诗合集。

脱离沙葤,转战土瓜岭,似乎是必然的结果。搬运水泥当然不是长远之计,诗集的出版算是完成了最初的心愿。我得好好考虑找一份稳定可靠的工作,得结婚,得为还在老家挖泥锛土的父母减轻负担,更得沉下心来多读书,潜心创作。

土瓜岭的出租屋,是江西老表从房东那里整体租过来,经过简单隔离和装修,再转租给我们的。后来的后来,看了《七十二家房客》,才知道那叫包租公。那幢房子里,除却我们一起的几个人,还住着四川来的两公婆,男的女的整天就在打麻将。今天这几个,明天那几个。换来换去,基本都是那拨人。直到有次那两口子吵架才明白,男人是个吃软饭的,靠老婆做皮肉生意给供养了起来。原来,日子居然可以这样过，也算是开了眼界。

那时，出租屋还住着好几个在嘉华电子厂上班的靓女，每天早出晚归，周末放假的日子也非常少。其中两个靓女，与包租公蛮亲近的，看起来就像一家人。后来有天，包租公同和我一起出书的那位兄弟交流了一个下午，决定将他外甥女介绍给我兄弟，并坦言两个外甥女也有意，二者可随选其一。那段时间，我兄弟正全身心在写一部六百多行的长诗，除了两餐饭外，整天都将自己关在出租屋里。或许是这种精神传递出的能量，让那包租公认定了这个上进年轻人将来的前程。兄弟自是婉拒了这份来自异地他乡的情缘，多年后还在笑谈中感叹自己当时如此落魄，居然还有红颜相倾。如今，那女子和她那包租公舅舅或许仍在中山，或许早已回到江西老家。此生估计再无见面的任何可能，那段故事早已成为笔下的一段美好记忆。

后来，我先后还在小鳌溪、五星和水关街三个地方暂住过，加起来差不多有七八年时间，也就在小鳌溪办过暂住证。而且，印象最坏的也是在小鳌溪租住的那段时间，虽说对那里治保会的印象差极，房东对我却不错。房东是个爱看报爱学习的中年人，某次在《香山报》读到了我一篇散文，还专门拿着那张报纸来到出租屋和我聊天，说没想到我还有这么大本事，有时间多帮忙给他上初中的大儿子辅导一下作文，这也多少修正了我对本地人的那些偏见。

在小鳌溪租房印象最深刻的，是骑着那辆破单车去五桂山讲课。我与五桂山中学教高三语文的吴老师，是在一次全市征文比赛获奖后认识的。通过书信联系，他约我去给他们学校文学社讲一堂关于写作的课。不记得当时具体讲了些啥，只记得三个细节。其一，学校的阶梯礼堂学生们听课的专注神态；其二，晚饭后，学校委派一辆小四轮的货车，将我的破单车拴在后尾，一直把我送到小鳌溪出租屋附近；其三，吃完饭临走时，吴老师揣给我一个草色信封，一再表示歉意，说学校只能表示一下意思。回到出租屋，我迫不及待打开信封，一张五十元，两张十元，总共七十块钱。这是我离开讲台到南方三年多后，第一次踏上学校讲坛给高中学生讲课。看着手里的七十块钱，兴奋的同时，更多的却是自责。总觉得自己那天的发挥有点失常，完全不及当年的授课水平，给朋友的脸面抹黑了。

在五星租房暂住，应该是我来中山最长的一段，三年多时间。房东是位退休老教师，他有个哑巴弟弟，当时好像都四十多岁了，一直跟他住在一起，还没结婚。房东有个女儿，好像刚毕业没多久。那时，我内弟在开发区那边做事，经常来我出租屋玩。一来二去，与房东混熟了，常在一起开玩笑。我们也跟着起哄，让房东做我小舅子的老丈人。呃，还别说，房东还真有这个意思。我那小舅子呢？嘴巴上倒是经常占便宜，就是没有实质性动作。后来，随着我搬离到城区水关街，这事就不了了之。

在五星还有一个很好的邻居，我曾在《20 号妈》一文中讲到过我与他们一家的故事。我住的 21 号，全称是五星上巷正街 21 号。邻居老两口四十好几喜得儿子，与大女儿相差十好几岁，两姐弟在一起怎么看都不像那么回事。儿子才四五岁，大女儿都已成了人。老太婆除了家务外，几乎一门心思都在儿子身上。老爷子白天扫街，晚上在治保会当差，以一己之力支撑着这个家庭。刚好那时候我不到两岁的女儿从老家到了中山，老太婆有什么好吃的，总不忘记端点过来。这也让我们非常感动，自不其然也会将老家带来的土特产，回赠给那个可爱的小调皮儿子。他们一家待我们就是邻居那种亲热，也因此让我记住了本地底层人家的淳朴和善良。

搬到城区水关街，主要原因在于我那时和不少杂志社建立了比较好的关系，想依托关系网，与朋友建立一个工作站。那时，我们的策划书等一系列准备工作都准备齐全，最后因为广州方面的重要合伙人临时变卦，没能将这个计划落实下去。

我当时的主要工作是在邮电局负责一份报纸的采编，与业界一些专家有联系。通过这些关系，我找到了位于水关街一幢老房子的三楼，将其三房两厅全部租了下来。除去一家人居住外，还专门将最大的那个厅设置成办公室。工作站没弄成，但《打工》杂志中山站还是建立起来了，主要负责拓展全市各个书店和报刊亭代销业务。表弟那时刚好没事做，通过朋友关系买了一辆二手摩托给他，专门派送杂志。那时的期刊已经开始在走下坡路，最终的结局是不仅我没赚到钱，维修那台二手车倒是花了不少，还赔进去表弟一年多的青春。好在后来表弟去到武汉，转行做工程承包发展还算不错。在中山送杂志前去幕墙公司干的那段时间，他学会了看图纸，终究还是派上了用场。

租住水关街一年多，我一直在算一笔账。每年房租得七千多块，如果按照二十年计算，起码也是十几万。倒不如学学别人按揭供楼，将来供完后起码还有套房。再说，毕竟买了房心里也踏实，住着也是一种享受，别到时候几十年一过，好像从未来过这世界。中国自古以来就是个农业大国，祖祖辈辈以种地为生，有房有地，再不济也能把日子撑下去。何况，从几千里外的湖北乡下来到沿海城市里，各种环境都变化得有些无所适从，身体安顿好了，灵魂也就不至于太过轻飘。

如果说经过了差不多十多年时间的相濡以沫，最终能渐渐融入他乡，并将他乡当作故乡，而成为如今中气十足的新中山人，我觉得其中最大的转折点，应该始于我结束租房住的日子。

港 口

来中山打工的湖北恩施人，尤其是下辖的建始人，港口是他们很难绕得过的一个名字。港口是中山的一个镇。我们很自然很顺口就将"镇"字给灭了。

恩施州全称为恩施土家族苗族自治州，是中国最年轻的一个少数民族自治州，下辖六县二市，其中之一就是建始县。而这个县里，尤以景阳镇在港口打工的居多。保守估计，最高峰期港口至少有超过一万的恩施人。他们有从事搬运的，搞建筑的，开垃圾车的，也有开发廊的，送水的，开麻将馆的，拉皮条的，还有整天在大街小巷溜达无所事事无法无天的，几乎充斥着各行各业。当然，绝大部分还是在工厂里。

崇高玩具厂还在建达工业村时，加班特别多，每到晚上十点左右下班，沿河边那条从石岐到港口的老公路，着一色厂服的工人牵线一般，将原本就异常狭窄的岐港公路占据了一半，使得那些往返于富华车站到港口的小四轮，不停地按着喇叭。在这些人流中，你随便逮住其中一人，直接用恩施话交流，基本不会弄错。港口的恩施人究竟具体有多少，没人清楚。反正那里最大的工厂，几乎都是恩施人占主流。

2006 年左右，我和喜哥在港口开的蓑衣饭店，差不多八成食客都来自那里打工的恩施人。诗人余丛曾经笑言：如果港口镇选举，不出意外，镇长的宝座非我莫属。虽为笑谈，实则也是当时恩施人在港口镇的一个真实写照，当然，也更是对我知名度和美誉度的肯定。

我曾在不少作品中提到港口穗农大街 40 号，这是一个具有高度历史意义的数字或者符号。如果将来追溯恩施人闯广东的历史，这个 40 号，必将成为重要源头之一，并载入中山恩施人的史册。

最早来到港口的，我们自然可以称之为先行者，也可以叫作先驱。他们当年（包括稍晚点的我）不少人都经历过不同程度的"杀戮"。到如今，有的早已"壮烈牺牲"，有的早已铩羽而归，有的就此在人间蒸发，有的很快就被打回原形。只有极少数人顽强存活了下来，却不怎么精神。倒是尾随他们而来的不少人，在中山各个镇区开枝散叶，成功楔进了别人的城市。

确切的时间是 1992 年的某个时间段，据说原本是去韶关当种烟师傅的郭兵龙等人，种烟失败，不甘心就此空手回家，决定死马当作活马医，阴差阳错就到了广东几乎最南边的中山港口。二十世纪八十年代的恩施山区，在政府的倡导下兴起了白肋烟种植热潮，不少农户因此打了个翻身仗，还积累了不少种烟经验。但要说起这些跑到韶关当种烟师傅的人，多半都是半桶水。他们老家的地理位置并不在最佳烟叶种植区域，能获得一手种烟的经验，是值得怀疑的。但在彼时那种相对封闭的环境下，有胆量往山外冲，不得不说令人佩服。

至于当时的落脚点是怎样与穗农大街 40 号联系起来的，早先听其成员之一的老杨讲过，时至今日早已忘记了。要找到当初那些辗转来到港口的证实，并无多大的可能性了。

当时的情况可以适当想象一下：那批人来到这里估计最多干了十天半月的水泥搬运，就实在忍不住内心的狂喜，纷纷给远在恩施乡下的至亲或挚友写信。他们要表达的重点，当然不是自己的狼狈。恰恰相反，他们要让那些曾经拿狗眼看他们的人，从此不仅要用人眼，还得高看了。还有一层意思隐含在里面，不是特别的亲戚和朋友，不要随便找他们麻烦。这里面的意思，自不必我多说，反正是一种微妙的心理。

总有这几个那几个亲戚或者好友，铁了心要到广东中山。对于从未踏出山门之人，一个确切的地址，无疑就是一粒定心丸。广东省中山市港口镇穗农大街40号，照例是烂熟于心倒背如流了。估计半年左右最多一年时间，40便成为一个武陵山区进入南方某个城市的公共密码了。而港口这个小镇自然算不得城市，却因好挣钱比不少真正的城市更具魅力，更具魔力。

身无一技之长，只能下苦力，这是恩施人的共同特点。后来得知，港口应该说是除了中山港外最繁忙的码头了，而中山港码头通常都是那些大吨位的船只停泊。一个镇命名为港口镇，可见其地理位置的重要性。然而，要想在这个码头上找到苦力下，并非一件易事。无论是建筑上的红砖、水泥甚至砂石，还是人们日常生活所需的粮油搬运，早有固定的人承包。刚来此地，脚跟都未曾站稳，横插一竿子当然不太可能。据说是郭兵龙他们当初在韶关种烟时认识了一位中山的老板，得到这位老板的介绍而踏上此间的。还有一种可能就是，他们一行人认准了码头上的领头羊，上去就递上早备好的香烟，然后用哀求的口吻，低三下四求人家给碗饭吃。或许是刚好缺人手，或许是工头起了怜悯之心。不管属于哪种路径，总之，郭兵龙等人，终于在港口码头上找到了一口饭吃。

长期生活在大山里的恩施人，其血液里除了天生具有善良淳朴的因子外，还潜藏着一种匪性基因。这种东西会在某种条件的刺激下，很快显现出来，且持续变形，最终裸露出人性的恶之花。就在先驱者们稍站稳脚跟后，他们就开始想办法扩张地盘，带领自己的人马开疆拓土自立为王。那样不仅能发展壮大，还能抽取不菲的"人头费"，加上与大伙一起开工所得，一艘几十上百吨的水泥船搬运下来，就能拿到手千儿八百。

那时盘踞码头的就有好几个省份的人，集中在四川、广西两帮人之间。当然，总舵主还是本土人。为了能有效地开辟疆域，各方都在使出浑身解数，既要拉拢老板争取拿到承包权，又要招揽一支属于自己的强壮队伍。老板要你的队伍能招之即来，来之能战，战之能胜。一来二去，内部与外部的矛盾逐步升级。所有的问题几乎都得通过武力来解决的，谁的拳头厉害谁就是王者。于是，一些练过功夫的三脚猫有了表演平台。今天这里走一遭，明天又那里晃两下。实际上就是给一些码头班主撑场面。若遇"外敌"入侵，他们势必就要表演真功夫了。

打打杀杀终非长久之计，何况搬运毕竟还是吃人饭使牛力的活，叫血盆里抓饭吃。于是，队伍开始变形、走样、分枝发权。有的打进了粮所的搬运队伍，有的和酱油厂攀上了关系，还有的进厂做个保安，更有直接拉起队伍走上了歪门邪道的。

总之，恩施人，尤其是建始的，在港口越来越有名。这种名，当然是坏名声。

邪气占据了上风，不少恩施人将那些为非作歹者当作榜样人物，他们自身也为老乡的害怕和羡慕为荣。走到哪里都是一副老子天下第一的德行。于是，港口渐渐变成了一种耻辱的象征，最起码不是一个光荣的名字了。这么多年过去，在港口发展起来了的恩施人，简直就是屈指可数。

即便如此，依然有不少恩施人通过自己的能力，一步步走到了工厂的领导岗位，还有人自己做了老板，发展也还像模像样。更有普通工人一路直上，做到了集团公司副总。曾经的恩施人在港口是声名狼藉，近几年正在一步步好转。

如今的港口，依然有相当数量的恩施人，不少发展不错的在此安家落户。那些当初威风八面的渣滓，早已被警方绳之以法。现在港口的恩施人虽未喊出正名的响亮口号，但他们的确正一步步走在正确的轨道上。

2020 年 4 月 27 日

蓑衣饭

蓑衣饭是一家恩施饭店的名字，在港口镇。现在说这事，有点像讲古，十年都过去了，饭店早就没开了。熟悉恩施人在中山分布情况的，都会知道港口。坦洲当然也是恩施人聚集的重镇，离城区还有几十公里，靠珠海那边了，很有点远。

当年取这个名字，颇费了一番心思。决定和喜哥合作开饭店前，一直在想一个既能代表恩施菜，又能让人记得住的名字。最好的名字其实早就在那里，找到了就是一种缘分。就在我和喜哥碰撞了好几次后，不知谁先提到了蓑衣饭这三个字，当即相视一笑，一锤定音。

开这个饭店，基于两点考虑。其一，中山恩施人基数大，赚点小钱应该是分分钟的事情。对于赚钱，自来广东后，我的目标就非常明确而具体。其二，为恩施人提供一个稀释乡愁的地方，说具体点，就是为同乡会提供一个据点。既有钱赚还能干点有情怀的事，何乐而不为？为此，我和喜哥分头说服各自家人，要争取她们百分百支持。我俩都有工作，不能为了这点小芝麻而丢西瓜。

接下来就是租房子、装修，和请师傅招服务员一系列繁杂之事。

我们从来没搞过装修，也从未开过饭店，包括店内的设计，等等，都得想破脑壳，找人商量。当然，对于我们来说，毕竟也不是件太难的事。那些年城区的饭店几乎被我们吃了个遍，没吃过猪肉还没见过猪跑？

饭店走的是民族特色，自然得将民族文化风情融入其中，搞文化这套起码我算半个内行吧。为此，专程回老家搜集了蓑衣、斗笠、石磨、甑子、簸箕、筲箕、刷帚等，又辗转找到报社搞摄影的朋友，搜罗了恩施最漂亮的风景照，包括历史名人的资料，等等。还包括所有服务员的行头，背景音乐，甚至迎客送客的方式，从头到尾从里到外都包裹出一股浓烈的土家族风情。

开张后最初的半个多月，并没有我们当初想象的那种情景，几乎都是我和喜哥在张罗着自己的朋友唱主角。虽说已做了充分的思想准备，实际面对时还是有点力不从心。之前我是烟酒戒了两三年的，这一下全给找了回来。那段时间几乎每天下班后，我都要骑着摩托车到十公里外的港口，看看哪里做得不够到位，现场指点督促。即便没有饭局，也要坐等到差不多收工才回家。当然，也不是完全干坐。港口虽说老乡多，弊端也突出，环境卫生很有点问题。为了尽可能在卫生方面有所提升，我又将饭店门口的水泥斜坡平整，贴上防滑瓷砖，再将两边的通道和前面的马路，冲洗得干干净净。这才放下心来，泡上一杯热茶，坐在大厅外面，观望着马路上来来往往的人流。

如果哪天过了开饭的点，店里还没什么客人，觉得根本就帮不了忙，心里就干着急。一想到每个月的房租水电和工人工资就要好几万，心里就更着急。着急过后又安慰自己：把该做的都做好了，剩下的就是命了——命里有时终须有，命里无时莫强求。

任何一件事只有当自己亲力亲为了，才能体会到个中滋味。港口的恩施籍老乡号称上万，却大多是一线普工，挣点钱不容易，舍得下馆子的并不多。而饭店位置相比城区而言也较偏僻，加上港口容貌的整体形象偏低，想招徕点城区的客人实在不容易。城区过来的客人几乎都是我的那帮朋友。为了尽早把饭店捧起来，可以说花了不少心思，结果并不怎么理想。

前几个月的食客，基本都在老乡和朋友之间来来回回，开张的那几个月正处在淡季，一直到了秋季，生意才渐渐有起色。四川、贵州、江西、湖南等地的食客，都在陆陆续续来，回头客越来越多。以前说酒香不怕巷子深，这巷子深了还真是个大麻烦。事后回想，靠的还是口碑，人传人客带客，最终让这间不到两百平方米的小店旺了起来。我总结了一下：饭店干净整洁，菜有特点有味道，更有人情，价格也适中。从那年年底开始，老乡们的结婚酒、生日酒、满月酒，接二连三地都来了。

自从老乡开始兴起过生日摆酒，表面看饭店生意更火爆了，实际上并没赚到多少钱。摆酒的酒水都是自己带，饭店就是赚点饭菜钱，连打折带赠送，实际上到手的利润很微薄。几乎每次摆酒的老乡都会发帖子给我，意思很明白，要在账本上写个人情。这个人情对于开饭店的老板来说，明知就是几乎不用还的人情，碍于情面又不好意思不到场。而对于那些摆结婚酒的老乡，他们几乎都省却了主持人的开支。我这个现成的主持人，又怎么会被他们轻易放过？

港口恩施人多，这是不争的事实，这也是当初饭店开在那里的直接原因。俗话说林子大了，什么鸟都有。老乡中间绝大部分人都在工厂，社会上的闲杂人员也不少，可谓三教九流。饭店门一打开，来的都是客，哪有拒绝的道理？只好笑脸相迎。却实在看不惯有些特不讲卫生的老乡。刚拖干净的地板，明明面前给他放了烟灰缸，就是视而不见。或者一口浓痰往地下一吐，恶心至极，又不好发作。下次来的时候还得找烟倒茶，眼不见心不烦，只好一边待着。于是，就有人背后传小话，说我清高看不起人。当然，这是极少数，甚至是极个别。还有个别老乡，有钱的时候牛哄哄，特别像财主佬，喜欢唆使这个唆使那个。一旦没钱了，吃的时候没多大变化，埋单就换了副嘴脸，要赊账。收钱买菜进货都是各自内当家的轮流值班，轮到我老婆收钱，她总担心钱收不回来，一直不松口。即便如此，现在也有一些钱没收回来。吃饭的那老乡混不下去早就回到老家多年了，好在欠钱不多，用乡下的话说，就当是打发了干儿子。

想吃白食的也不是没有，如果有，那绝对是新来的小混混。有一年刚从老家来的一个人，据说他父亲就是当地一霸，想在这里撒野。喜哥打电话给我，最后得知此人居然是我族房比孙子辈还要低的晚晚辈，被我活生生上了堂政治课。恩施老乡大都知道我走的是正道，不乱来也不惧乱来者，即便黑道上的，至少也会给我几分薄面。

蓑衣饭前后算起来开了五年左右，市里好几个领导和文化界同仁都光顾过这个小店，这也是那些小混混们有点忌惮的原因。犹记得时任市委常委的老丘，还携夫人和正在念大学的女儿，一起参加我们的文友聚会。他喝了我们的恩施苞谷老烧后，兴致勃勃地给我们的苞谷酒做广告语：恩施苞谷老烧，老百姓的茅台。至今还传为美谈。至于说我们那帮玩得好的兄弟，在我蓑衣饭醉酒，实在就是一件太正常不过的事情了。

很多人看见蓑衣饭的盛景，以为我赚了不少钱。实际上不算投资，每月拿到手的也就三四千块，等于是靠老婆早起晚归辛辛苦苦换来的一点血汗钱。每天早上四点多就要起床买菜，晚上一般都得十点往后，遇到酒鬼们斗酒还要更晚。最后决定不再开饭店也就是这个原因，人又累完了，钱又没赚多少，关键是孩子的学习也耽误了不少。一算计，啥也没弄着，干脆抽出身来为妙。

实际上我抽身出来后，喜哥和他襟兄也只开了一年半载，就选择了关门。

虽说开蓑衣饭于我个人和家庭而言，是失去的多得到的少，但对于团结整个恩施人还是有莫大的贡献。尤其是对于同乡会组织的壮大和提升，特别是对于后来恩施商会的成立，都有着不可估量的作用。而我个人也在无意之间成了中山恩施菜的"鼻祖"。每当中山遍地开花的恩施菜饭桌上讲到这段渊源，都会将我摆在了一个史无前例的高度，于我个人的虚荣心，无疑是个极大的满足。

2020 年 4 月 21 日

同乡会

　　1988 年左右，原属中山县物资局的国有企业中山橡胶厂改制，即将退休的恩施籍严奉章老先生，被组织安排担任该厂厂长，很自然地，先生在他老家招来了第一批工人。应该说这是整个恩施少数民族地区最早到中山的打工一族。紧接着，又有不同批次的老乡来到橡胶厂，先后计有数百号。像这种有的放矢的从一个地方到另一个地方团体性的劳务输入，与 1992 年那支搬运水泥的小分队相比，无疑具有抱团取暖优势。严老先生这一后来被佐证为好心办了件坏事的善举，不外乎中了乡情的流毒。也许换作你我，一样会走相同的路径。毋庸置疑的是，这个团队本身就具备了同乡会的基本功能。

　　山川与河流合理配置，一幢楼与一幢楼连成一片，无数条动脉贯穿其间，群楼被分割成区间，间以公园或者公共设施，构建成一座充满活力的城市。从三五户人家聚在一起的山洼，到无数人聚集的城市，不仅仅是房子变多，街道变长，公路变密，更多的是陌生面孔和饮食习惯的差异，以及语言的繁杂，更有城市内在的气韵和肌理。他们要小心再小心，谨慎再谨慎。哪怕一墙之隔住着同一地方的老乡，你也很难甄别。除非他从你身边走过，还有熟悉不过的乡音传来。

然而，再绵长再宽广的河流，总有其发源地和走向，只要顺着其内在的某种联系顺流而上，必然会探寻到其中的关联和密码。就像那支搬运水泥小分队的微弱之光，通过层层直射、折射，甚至反射，不断吸纳着来自同一片土地上的力量，滚雪球一般发酵膨胀，直至无数单独的个体最终形成一条显性河流。

从此，这条河流开始有了想法。不再像大山上汇聚的雨水，任由各自的天性，走到哪里黑就在哪里歇。一条河流要确定自己的走向，首先来自自身凝聚的力量，还有价值取向，他们得背负起理想和信念，竭力冲刷出一条属于自己的道路来。一个声音不断在他们耳边萦回：同乡会，同乡会。只有同乡会将无数的个体凝聚成一股绳索，也只有这股绳索才能将他们紧密关联在一起。

读书时对同乡会的理解也仅止于书面和文字，对于其背后所蕴含的精神指向，却是没法感同身受。直到2005年岁末，一帮具有代表性的恩施人在五桂山聚会，大家一致认为身处异地他乡得将同乡会成立起来，才能切身感受到乡情、倾听到乡音、广交同乡朋友、扩展人脉关系，进而形成合作促进同乡相互发展。于是，在七嘴八舌的各抒己见里，在一片嘈杂而倍感亲切的乡音里，我们搭建起了恩施同乡会的舞台。

恩施地处武陵山腹地，也是巴文化的发祥。自古以来这里就交通落后信息闭塞，历史上唐宋元明几个朝代对这个区域的管理都是鞭长莫及，交由地方土司治理。直到清雍正改土归流后，恩施才真正得到有效的管辖和治理。新中国成立之初，由宜昌上溯到重庆、四川都要经过恩施，仅有一条209国道，直到20世纪中期才有一条318国道穿过恩施。从这里到500多公里外的省城武汉，得翻山越岭日夜兼程将近二十个小时才能抵达。可见，要冲出这层层大山的围困何等艰难。

改革的春风拂及武陵山深处，如我一般的"60后""70后"，历经种种曲折和境地最终才走出深山老林，自是发愤图强誓在他乡闯出一片天地。于是，一批有着同样理想和情怀的年轻人，在这片神奇的热土上，手挽着手，试图抱团取暖谋求更大的发展。于是，那次历史性的聚会，犹如燎原之点点星火，种植在每个参会者的心田，然后依靠各自的光热不断向外传递着信号，才有了后来滚雪球一般的发展壮大。

然而，理想的焰火一旦燃烧起来，还得源源不断地提供后续的燃料。为此，我和喜哥决定在恩施老乡最集中的港口镇开一家饭店，为中山的恩施人提供一个诉说乡音、畅叙乡情的平台，让越来越多的恩施人在千里之外的他乡，在繁忙的打工之余，找到一个身体和心灵双双栖息的处所。

如你所知，恩施打工群体原本起点就不高，要在这群人中找到标志性的人物并非易事。那时严奉章老先生早已退休多年，从事生产、经营的企业老板也才刚刚起步，绝大部分还在底层挣扎。即便是从政的恩施老乡，最大也才官至副处。能在异域他乡打拼出一番事业，往往要比别人付出更多的心血。他们当然不太方便支持。

无论怎样受到环境制约，乡情的力量始终不会因此而受到过多的束缚。几千年传统文化的氤氲和浸润，只能使得这种情感的纽带在另一片天空下维系得更紧。有了相对固定的场所，也由于资讯的方便快捷，越来越多的恩施人在这家名叫蓑衣饭的餐馆里，不仅让味蕾充分释放出久违的活力，也让舌尖上的乡愁得到最大程度的缓解，更让那份湿漉漉的乡情，在南国的闷热和窒息中，尽情而欢欣地荡漾。尤其是每到年根岁毕，不少留守在中山过年的恩施老乡们，在主要负责人员的统筹下，自编自导自演的属于恩施少数民族特有属性的"春晚"，将老乡们聚集在一起，度过了一个个别致而又难忘的春节。

同乡会当然不仅仅解决乡音乡情乡愁这种初始层面的问题，更重要的是解决如何相互搀扶发展壮大这个困惑着所有恩施人的难题。每个人手中的资源极其有限，每个人的力量更是极其单薄，要做成一件事还存在着意见上的分歧，确实遇到了不少困难和困惑。就只能先从联络感情、畅叙乡情开始，一步步往前推进。对个别老乡的突发疾病，或者劳资纠纷等，采取力所能及的大帮小凑。恩施人来自山区，原本受过高等教育的就不多，认识和认知有限，首要问题是树立榜样和坐标。然而，现实的情况是榜样和坐标有限，同乡会决定用团队的榜样和坐标来树立旗帜，通过不断的努力，让这面旗帜镌刻上恩施人的形象和风采。

各种形式的聚会活动，通过博客、QQ 空间等媒介的传播，越来越多的恩施人知道了这个组织，在参与活动的过程中，各自找到了谈得来的亲密伙伴，无疑为相互间的发展埋下了伏笔。

雪球肯定是越滚越大，相应的短板自然也暴露了出来。别看恩施人从山里来，眼光虽不太远却不低。想想恩施山多且高，眼光短浅极为正常，眼光高傲也正常，都是大山的产物。乡下说，这山望着那山高，尤其是部分在一线打工的觉得同乡会玩不出名堂，吃饭还得 AA，没啥意思。持有这种观点的自然是背后议论，而同乡会的核心认定了一条路，就要一直往下走。只有把最优秀的人才聚集起来抱团发展才是硬道理。这一坚持，让不少恩施人走出了名堂，走到了同乡会与商会的边界。

一个更优秀的团体即将呼之欲出，那就是中山市湖北恩施商会。

2020 年 4 月 17 日

商 会

同乡会的主导，主要还是恩施籍的文化人和部分商业界人士。当时的情况是商业这块才起步。恩施人毫无基础和靠山而言，得自己一步一个脚印实打实地走出来。文化人或许天生就有种情怀，对物质的敏感度比较低，想靠文字在他乡安身立命的同时，还总想着对历史有所交代。广州毕竟是省城，那里恩施人的发展似乎比其他城市要快，我们还在同乡会的中级阶段，他们就在着手成立广东湖北恩施商会，计划将珠三角发展较好的几个城市联合起来。

最早找到的中山代表中就有我。记得是在尚城钟鼓楼三楼的河南菜馆，来自广州的伍涛一行，中山方面有我和黄海淼、田梦泉、杨昌祥、姚永林等一大帮子人。广州方面希望物色到一个比较合适的人挑起分会担子。我们一直认为还是律师出身的鲁云全最合适。这个人读书时就是学霸，看问题很有头脑和见地，而且手上也有不少资源。

我跟鲁云全认识大概在 2000 年，老乡黄光汉误遭黑社会打残，要一名律师，就转弯抹角找到了恩施籍的他作为该案件的全权代理人。后来，我和喜哥在港口开饭店，云全经常光顾小店，我们就有了更深人的交流。聊同乡会，自然也聊到了商会。我们一直认为只有商会才是同乡会的最高级形式。那时就曾建议让他来牵头，我帮忙做点实际的事情，争取早点将商会的台子搭建起来。他说还需等待时机，时机一旦成熟便可。

当中山分会人选敲定后，我和云全等人专程去了趟广州，一则直观了解总商会的办公环境，二则缴纳副会长会费。总商会那时收取各地分会会长（即总会副会长）费用五万元。至此，中山分会在程序上已经走完，接下来就是在合适的时间点上，用一场比较正规的成立大会来宣布。但是，这中间还有许多的工作要做，不是搭建草台班子。商会嘛，就得像模像样。

大约是2011年下半年，云全打电话给我，说恩施商会筹备处将进行一次大走访。于是，我抽出休息时间，跟随秘书处开始对有意向的镇区进行走访。先后走访的除城区周边外，还有小榄、古镇、三乡、坦洲等较远的镇区。那时微信已普及，每走一个地方秘书处都会及时将现场情况上传到商会微信群，让大家分享。经过前后一个月的走访，基本摸清了整个恩施人创办企业的大致情况，说实话整体实力是相当不容乐观的。说直接点，就是还没一家年产值上千万的企业，木已成舟，商会不仅要成立，还得想办法做出动静来。这一点，我相信云全有这个能力。

随后就是搭建领导班子，准备成立大会的各项工作。经过一年多的筹备，2012年8月4号，广东省湖北恩施商会中山珠海片区办事处，在长命水大酒店举行了颇为隆重的成立大会。那天应该是一个载入史册的日子。来自各行各业的恩施籍乡亲和部分业内朋友五百多人，一起见证了办事处的成立，鲁云全成功当选为中山珠海区域负责人的同时，也标志着中山恩商从业者有了自己的家。

从这个时期开始到 2014 年 5 月 19 日，中山恩施商会都隶属广东湖北恩施商会，准确说法就是广东省湖北恩施商会中山分会。这个时候的分会，还设在广州、深圳、佛山、东莞、惠州等地。分会会长天然就是总商会副会长，各自负责所属地区的商会发展。

而 2014 年 5 月之后的中山分会，不再隶属省总商会。这里面有个小插曲。就是分会运行那几年，作为读书人的鲁云全认为总商会的运行与自己的理念有偏差，而最终选择独立注册，意欲探索一条属于自己的发展路子。鲁云全认为商会应该是零会费的走向，而且是互惠互助的模式。他特别强调首要是互惠，在互惠的前提下谈其他。为此，他召集商会十八家企业联合创立了广东恩商基金组织，以基金的形式将商会的副会长捆绑在了一条战船上，然后进行集团式的发展。也就是两块牌子一套人马，通过基金来扶持各自企业的发展。

应该说中山恩施商会在 2014 年到 2018 年的 4 年多时间，是最为辉煌的时段。商会的年会先后在香格里拉大酒店、小榄大酒店、利和希尔顿大酒店、风韵土家大酒楼等高端酒店举行，而且还承办了总商会的一次运动会和商务交流会。每一次活动都搞得有声有色，得到了社会各界的高度褒扬，恩商的美誉度更是一年比一年提升。这其中主要是各大媒体的宣扬，会刊《中山恩商》更是功不可没。尤其是2018 年恩商基金全程赞助的大型民族文化活动，与民族文学杂志社、中山市政协等单位联合举办，在全国都引起了广泛的关注。

时间到了 2019 年，由于恩商贷平台在全国统一叫停的情况，资金链出现问题，直接导致商会按下了暂停键，也间接致使外界对商会的一些猜疑。事实上，外界对商会和恩商贷、恩商基金的关系并不太清楚。以为基金和平台就是商会的企业，实际上只是这两家企业的参与者在商会里担任着各种职务而已。商会本身的各种活动一般都是这两家企业拿钱赞助。由于商会是零会费运作，平时办公室的日常维持，费用都是会长一人负担。这些费用来自恩商贷平台带来的收益。如果要搞活动，先预算，然后召集各路常委自愿捐钱，不够的则由会长兜底。至于副会长和会员，捐多捐少也是完全自愿。所有钱物都会于活动完后在商会官方微信群公示。

眼下的商会的确出现了一些问题，短时间内要想恢复到以前，还存在一定难度。这种难度既有内在的某种损耗，也有外在大环境的制约。归根结底，这种境况不会持续太久。恩施人不仅勤劳善良，还有热情和干劲，更有责任感和使命感，相信再一次崛起只是时间问题。

我们每一个恩施人都明白，我们正在书写历史和创造历史。我们的每一个脚印都是坚实足迹最真实的体现。

第四辑

众生之舞

喜哥闯广东

喜哥儿初中毕业没能取得资格继续深造，只好回到向家包修补地球，这是他的宿命。如果不是表哥很早就带他闯广东，至少他还得在那个月亮都晒得死苞谷秆子的地方多刨几年食。

那些年，喜哥儿每天起早贪黑在地里刨，虽说收成有点起色，但总得看天吃饭，心里没底。那时他扮演的角色有点像家长。父亲是位民办教师，不太管事。母亲长期患有肺部上的毛病，正赶上他初中毕业就走了。喜哥头上有两个哥哥一个姐姐，脚下还有个妹妹。除去结婚分家的大哥，实际上一家子有五口人，尽管喜哥聪明、勤快，还会划算，想要在向家包的土里挖出金娃娃，难啊。

经人介绍，喜哥去过镇上一家纸袋厂上班，人轻省点，还有几个活钱。用他自己的话说，哪晓得就勉强混走了一张嘴巴。喜哥有个堂哥在江汉平原一带跑，回来走路横摇直摆，连乡音也改了。喜哥曾几次央求堂哥带上他，堂哥嫌喜哥只有初中文凭。为这事，喜哥一直在心里忌恨着。

机会往往都是在无意间来临的。那天喜哥去粟谷坝赶场回来，途经双双家门，两人在一起日白，双双就讲到了要去广东的事情。喜哥逮住双双不放手，说出去讨米也得带上他。刚好双双堂哥在广东一个叫中山的地方承包了一段工程，要在老家喊几个人过去帮忙。按照乡村里的转折亲，双双的堂哥就是喜哥儿的表哥，虽然不太亲。

辗转来到中山，喜哥自然是在表哥那里跟着挖下水道沟渠。几个月下来手掌里的茧子起了厚厚一层，铁锹挖断了几把，人也晒得黑黢黢的，最后真落到只糊走了一张嘴巴的地步。接着，喜哥又跟着表哥在码头上搬运水泥，搬完就结账，钱倒是来得快，终究也非长久之计。后来，喜哥又随表哥辗转到市区，七弯八拐进了一家广告公司做杂工。开头还真以为是家小广告公司，后来才晓得是国家单位的下属公司，专门搞交通安全设施的。说具体点，就是交通干线上的指路牌、斑马线以及红绿灯等交通设施。这个单位除了领头的几个公职人员外，其他的全是像喜哥这样被招进去的工人。喜哥当然不管你临时工还是合同工，反正只要肯下力气，每个月就有近千块钱的收入。那时，喜哥的姑父在老家小镇做镇长，每月才300多块钱，听说自己侄子收入高出自己两三倍，一个劲在人前人后竖大拇指：哈格砸，这娃儿有出息。

喜哥儿所在的公司，本地外地加在一起有几十号人。本地人多仰仗自己的身份，常躲奸要滑能少干点就尽量少干点。表哥经常告诫他说，不要以为老板不在跟前就什么都不知道，力气是奴才，去了又来。广东老板务实，你付出总会有回报的时候。搞农业喜哥是把好手，讲挖田他一口气可挖一个上午不歇稍。这点力气活对他来说几乎就是小菜一碟。喜哥干活肯卖力为人还乖巧，歇息的时候不忘给本地人递上一支香烟，甚至自掏腰包买来矿泉水。发工资时，本地人极为开心，喜哥儿当然也开心。一来二去，他和本地人就搞好了关系。

公司老板某天辞职自己也开了家公司，自然先要物色几名可靠人手，不用说，喜哥牢牢占据了首位。老板做油漆生意已经有了点名堂，就带着喜哥看仓库，工资比之前有所提高。工资增加的同时，体力上也从此解放了。仅有的体力也就是进货出货的上车下车，余下的时候就基本没太多事干了，喜哥并未因此停下来。闲暇时，喜哥就将仓库里的货物分类摆放，贴上标签，再将里里外外打扫得干干净净。如果你是老板，是不是也很喜欢这样的员工？是不是也会在合适的时候对其委以重任？

老板其实也就大喜哥三四岁，公司在他的主导下发展迅猛，业绩一路飙升。很快，公司又开始拓展新型业务，喜哥被安排学习调制油漆技术，紧接着再安排去跟着跑业务。几年下来，乖巧灵活的喜哥不仅学到了油漆方面的调配技术，业务上也一个层次一个层次地得到提升。最终，喜哥从当初一个下苦力的普工，一路成长为最重要的业务支柱，并荣升为年产值上亿的公司的业务经理，如今更是公司的大红人。

现在的喜哥，不仅有票子妻子房子和车子，而且还有一个宝贝儿子。民间冠以成功人士的"五子登科"，喜哥全拥有了。在他乡打拼了二十年，喜哥当然不会将自己禁锢在所谓的五子登科这个模子里。当初若能多读点书，今天也许就不仅仅是这个样子。所幸喜哥娶到了一个有知识有文化的老婆，儿子在老婆的精心辅导和教育下，考上了市内重点中学，并在班级上名列前茅。当然，这里面也有喜哥的一份功劳。那些年风里来雨里去，每个星期接送儿子，甚至煲汤送给儿子。

无论手头有多重要的事，只要与儿子有关，只要是儿子的要求，他就会尽量去满足。

　　人说儿子就是老子的影子，甚至是老子生命的延伸。喜哥从儿子身上看到了一种以前不曾有过，或者说自己当年忽略过的东西。他要打造一个全新的儿子，扎根在这片肥沃的土地上，不仅生根发芽，还要开花，还要结出硕果。

从"捞仔"到老板

　　进进来广东打工的第一份工，是在广告公司当学徒做招牌。当时我带来的那帮做下水道工程的亲友，除却年纪偏大的回去外，还有不少一直跟着我，比如我坎下个头矮小的文子，在沙葛的时候找到了一个做铜字的广告公司做学徒。进进来了广东，却因不到十八岁找工作屡屡碰壁，最后只好也跟着文子去当学徒。学到一门手艺，找口饭吃起码不成问题。

　　进进老家距巴人发祥地的长阳钟落潭很近，那是个叫高坪的小镇，却有着一处比长阳人历史更为久远的直立人遗址。据说，它可将人类的始祖推到两百多万年前。可以想见，那里定也是个相当封闭的深山所在。二十世纪八十年代以来，岳父常在红岩寺到高坪两个镇之间来来回回地放养鸭子，与沿途水田边的不少人家不仅熟稔，有的还结下了兄弟般的友情。进进的爷爷就是其中一个。

　　那时候的进进，还在喜欢贪玩的年龄段，经常跑到我岳父放鸭子的鸭棚里缠着老人家讲故事。一来二去，爷孙俩竟然玩出了感情。原本学习成绩一般的进进，到了初中就更加有点心不在焉。好不容易挨到了毕业，就非得来广东打工。为此，进进的爷爷找到我岳父，想将自己的小孙子带到广东放在我身边。

那时的招牌主要还是以铜字铁字钛金字等金属材料为主，学徒的首要工作就是用那大且笨拙的铁剪，按照贴上去的小样依葫芦画瓢剪下来。先不说那把铁剪有多重，即便是把最普通的剪刀，一天剪下来也足够你受了，何况是几厘米厚的钢材或者铜材。半天工夫，用力的部位便是非伤即肿。弄不好，肉皮也给弄没了。虽说在山区农村长大，但进进是家中独子，自小就没吃过苦，没受过气，更没挨过饿，何况在恶劣的工作环境下，每天拼死拼活也才 10 元钱的工资。在连续吃完几个月的榨菜加开水泡饭之后，正在长身体需要大量营养的进进，头昏眼花地逃离了那间广告工程部，甚至连几个月的工资也没要。

之后，我又通过关系将进进介绍到镇区一家玻璃纤维厂上班，工作环境和待遇比以前好多了，但那家厂却在三个月后倒闭了。按国家政策，未满 18 岁的进进属于童工，稍正规点的工厂不敢收。为能让他进一家包装公司，只能按照小广告上面的电话寻过去为他办了张假身份证，在我已当主管的侄子照顾下，顺利进得该厂。虽说进进读书不怎么上心，出来做事还算勤快。凭着自己的勤奋好学，没多久他便熟练掌握了机器操作要领，拿上了一份稳定的薪水，并在 2001 年做到了高级技工。这样的成绩在当年也算得上是事业小有成就。

这种按部就班的打工生活维持了两年多，日渐成长的进进开始尝试思考自己人生的多种可能性。那时包装厂有部分在外面跑业务的员工，每次都能领到一份令人眼红的薪水。进进在经过多次思想挣扎后，对我说想辞职去别的企业做业务员。在当时的我看来，这无异于有点异想天开，如果跑业务跑成了小混混，怎么好意思向他父母交代？

最终进进还是坚持己见，去了一家食用油公司做业务推销员。一年多的闯荡，自然是尝遍了人间百态和辛酸，好在他学到了些销售技巧，并在后来被一家乳制品企业聘为业务主管。再后来，不甘落后的进进又去了一家保险公司，并花大量时间读了许多关于推销方面的书，尤其对心理学特别关注。实践一旦与理论有机结合，就为进进的理想插上了腾飞的翅膀。

2002 年 3 月，进进人生重大转折点终于来临。通过朋友介绍，他得以成功进入雅科思智能化卫浴设备公司工作。多年的打拼和积累，使得进进在这家公司找到了用武之地。刚好，他负责拓展业务的江浙一带还处于真空地带，凭借着过人的胆识，进进将公司的业务开展起来，取得了不俗的业绩。不仅如此，他在短短时间内又成立了属于自己的建材贸易公司，做雅科思公司的产品代理商。同时，他的公司还代理了好多种国内外知名品牌。多元化的思路，令他的销售业绩呈直线上升，就此在大城市杭州站稳了脚跟。

然而，此后十多年里的进进，也并非一帆风顺。2007 年左右，曾因过度自信在房地产行业栽了跟头。一次失败的投资，将他彻彻底底打回了原形，而不得不乖乖回到原来的卫浴行业。然而，20 多岁的他仅仅花了两年时间，便迅速再次挺立起来。他对自己说，反正还年轻有资本，大不了从头再来。

几经砥砺的进进，越发变得成熟起来。原先供职的雅科思公司曾经到了举步维艰的境地，公司老板多次奔赴杭州力邀进进回来帮他重整河山，而进进也最终被原老板的诚意打动，再次回到曾经熟悉不过的公司，全面负责销售工作。在他的努力下，业务逐渐好转，而且他新组建的工程公司年营业额早已突破亿元大关，还在稳步上升。

钱财于如今的进进早不是问题。他的理想是做一名有社会责任感的企业家。近两年来，在进进的张罗下，为那些真正需要帮助的人做了大量工作。去年，乡亲刘美义遭遇病魔需换肾，进进为此就忙前忙后了好长一段时间。最近，他和朋友们又为 4 月 9 日火灾事故中遭遇不幸的 5 名乡亲捐助爱心治疗款 10 多万元。

进进还在奋力前行，他说："从捞仔到老板，我并未花太长时间。而从老板到企业家，却要用一生的时间去完成！"可以想见，如今的进进与当初出道时候相比，已然脱胎换骨。不得不说，南方是个磨炼人的好地方。进进全名叫陈以进，还真是个催人上进的好名字。

李用的月薪

听说"李用"这个名字，已是多年前的事了。

十几年前每月工资就在两万块以上，哪个打工的听了都疑惑都吃惊甚至还有些想不通：这工厂开银行？专榨票子？事实上这消息也是李用比较要好的朋友透露给我的。那天，我们一帮老乡在一起聚会，不知怎么就谈到了工资。好几个都说我工资高福利好又清闲。或许是酒喝得有点高，李用那朋友嘴巴一撇："高个卵！人家李用月薪两万多啦！"也就是那天，我才得以弄清我们恩施人在中山打工的历史渊源。

建始三里坝的严奉章老先生，当年在恩施专区组织部的部署下来到中山援建。那时，中山还叫中山县。严奉章在物资局工作多年，官至副处。1988年前后，物资局下属的橡胶厂改制，严奉章被委以重任接管该厂，然后大刀阔斧改革，并从老家三里坝先后招收了好几批工人到该厂。1997年前后橡胶厂因为多种原因而宣布破产，作鸟兽散的三里坝人除了集中在坦洲外，其他镇区也几乎都有我们三里坝的人。我们恩施人在中山市打工鼻祖，自然非严老驼子莫属。

　　相比之下，李用在这一批又一批的打工潮流中，顶多只能算得上开山鼻祖后面的再后面的"跟屁虫"。20世纪90年代，毕业于恩施某财会专业的李用，在老家工作了短暂一段时间，就顺流而下来到南方东莞，而后来到中山三乡，在一家钢结构工厂做财务。当我们听说李用这个名字的时候，他已经做到了该厂业务总经理，月薪也随之升到了两万块。其间的过程被我们所有人省略或者说忽略掉了。世俗的人，或者世俗的观点通常只看结果。其中艰辛复杂的历练和人间种种况味，只有李用本人刻骨铭心。所以，当我们见到其貌不扬甚至谈吐也并不怎么流畅的李用时，都会在脑海里打上一连串问号：这就是传说中的李用？这就是每个月拿着别人一年也难以挣到的两万块钱的李用？凭什么？凭什么？

　　俗话说成功之人必有成功之处。据说许多老乡都知道李用坐到了总经理位子，而那时李用所供职的公司，普通员工待遇也相当不错，于是都转弯抹角找他，想通过他的关系进入该厂打工。其实，李用也很想帮老乡一把，但橡胶厂的前车之鉴犹在眼前。当年，祖师爷严奉章就是难舍乡情，将他四周邻里的乡亲招到麾下，为他们铺垫发展道路，谁知最后搬起石头砸了自己的脚。原本极有发展前景的橡胶厂被老乡中的许多蛀虫给蛀垮了。所以，经一事长一智的李用有了自己的原则：请你吃饭可以，甚至借钱或者给钱都可以，就是不能往自己厂里招。许多人都说李用吃了木耳忘记树桩，还有更难听的话。李用辗转听到了这些闲言碎语，浅浅一笑，算是回答。

　　许多人认钱不认人，还不认事。他们不看自己的文化程度，也不问自己有何特长，眼睛盯着你，见不得你拿高工资。他们都会说："你李用两万块一个月，我们一半都不要，四分之一总可以了吧？"在许多人眼里，你家门朝哪边开？你家门口的树哪门子栽？他们一清二楚。年纪大点的甚至说得出你当年穿开裆裤屙屎打屁屁的情景。你的根你的底，一切尽在掌握。所以，这点最起码的要求并不过分吧。

给人打工，打到最高境界无非就是做到总经理。于是，李用开始落到凡尘，先娶妻子，买房子，购车子，生儿子。妻子是同乡，老夫少妻。人乖得没得说的。让同龄人看了心生妒忌。就说："福在丑人边啊！"李用就呵呵笑。那笑颜里充满了对生活的满意，对未来的信心。

于是，李用筹划在自己的住地附近开一间销售汽车油漆的店铺。媳妇一边照料小孩，一边经营店铺。李用则利用工余跑进货，拓宽业务渠道。十年里，铺满天南海北的工程，历练出了李用的过人之处。况且，他还具备山里人忍辱负重的毅力和恒心，那么，只需机会一个轻轻点拨，就乘势而上达到胜利的彼岸。也就是说，对于时刻有思想准备的李用而言，机会就掌握在自己手中。2010 年开春之际，他毅然辞去众人眼里无比羡慕的经理职位，放开拳脚准备大干一番了，去年又在古镇开办了一家 LED 技术应用工程公司哩。

李用辞去几十万年薪的职位，有说他傻的，也有说这个家伙是个角色的，当然还有杂七杂八的说法。说他傻，是因为现在的钱真不容易赚。说他是角色的，是因为放弃如此高薪自己创业，要冒极大的风险。所有说法集中在一起，无不表达了一个词："不容易。"

最近我回老家和许多朋友聊天，发现他们的想法和说法，竟然和外面完全相反，叫人有些怀疑他们是上古人。他们问得最多的是：某某现在的工资是八千还是一万一个月。在他们的意识里，沿海一带的钱就像天上下雨一般，只要弯腰捡，遍地都是。记得十多年前，在武汉读大学的表弟暑假期间来我这边打暑期工后，回去对乡人说我月薪五千。乡人的眼睛大大的嘴巴圆圆的："天上往下掉啊？"或许是类似的传闻多了，乡人就渐渐形成共识：那里一定有许多印票子的工厂！否则也不至于当某个朋友谦虚地对乡人说自己月薪才六千块时，乡人的嘴巴斜斜的瘪瘪的。

2010 年 9 月 8 日，龙斜口

文痴杨昌祥

　　几年前，青年作家姚舞云曾写过一篇《苗族文痴杨昌祥》，那是舞云读了昌祥散文集《清江，就这样流淌》后喷薄而出的情感结晶。我与昌祥结交近三十年，对他再熟悉不过，与舞云多有共鸣。昌祥散文集里有一篇引作书名的三万字长文，讲述的就是他当年带领我们这些文学青年，在清江岸边那弯弯拐拐的山路上追逐文学梦想的酸甜苦辣。

　　遥想当年，疗愈重读的昌祥因政策限制不能参加中考，被迫中断学业。他该是怀着怎样一种心情，回到那个叫古桥坡的地方，重拾祖祖辈辈的薅挖锄？又将怎样与泥巴和洪荒纠缠一生？那段时间的昌祥，又经历了怎样的绝望与痛苦，失落与折磨，彷徨与挣扎？我都难以揣测，但我看到他拿起了手中的笔与命运抗争，甚至想改变身边那些眼光短浅的山里人。昌祥白天犁田打耙，夜晚坐伴孤灯，在吊脚楼里拼命读书写作。起夜的乡人们时常看到，深更的山野还摇曳着一星半点灯火。

　　昌祥深居鄂西大山腹地清江河边，那里交通不便，信息闭塞，人们生活贫困，思想观念也极为落后。一个人如果没上好学，就得老老实实回家挖泥锛土，娶妻生子，终其一生。可见，昌祥当时背负了多么沉重的包袱踽踽而行。昌祥不闻他人冷言风语，自己古道热肠，邀约周围的文友创办起小江南民族文学社，蜡纸刻印《小江南》。不少乡亲首肯这一新生事物，并投来敬佩的目光。

几年后，昌祥代替生病而又即将退休的父亲去道班养路，被招为与临时工相差无几的代表工。每天早出晚归，晴天一身灰，雨天一身泥，洒尽辛劳的汗水却只能获得一份微薄的收入，与正式工相比可谓天壤之别。再苦，再累，再不好想，昌祥也没有丢弃读书写作，常与四周文友相聚，南山扯到北海，倒也乐在其中。昌祥属马，却有着牛一般的性格，一铧泥土不拉出头绝不中途歇稍。就这样，靠着犟牛一般的倔劲，在经历多次挫败和冷嘲热讽之后，他的诗歌和小说终于见诸报刊。随着他创作不断丰收，他和我以及梦脂三人诗合集《无憾的纯情》的公开出版，加之他早期主编文学社刊《小江南》在恩施州的影响，昌祥这个养路工被抽调到县公路段做文书，后来又被恩施州交通局和州公路总段借调，专事文秘与宣传。不管工作如何变动，不管身份如何改变，不管在乡下还是在县城州城，昌祥对写作都痴迷不改。他的作品，先后登上了《民族文学》《人民文学》《长江文艺》等国家级省级报刊。成果说起来有一大把，昌祥也因文书材料和新闻报道写得好而享誉湖北交通系统，可编制问题仍未得到解决，这成了他人生路上一道难以逾越的屏障。

是金子总会发光的。在新世纪开启之时，昌祥被《建始报》聘为副刊编辑，也进行新闻采访，这下算是有了更好的用武之地。昌祥信心满满地开始他的报人之路，其间他自考了华中科技大学新闻专业，还因工作出色和创作突出获得了"建始县首届十大杰出青年"荣誉称号，其成绩毋庸多说。可是，昌祥在报社屁股还没坐热，就赶上了全国报业整顿，没有编制的他就此下岗。昌祥并没有被多舛的命运击倒，他将打落的牙齿和血全部吞进肚里，毅然来到南方我所在的中山。

　　恍惚间，昌祥就在南国这座小城工作生活了十来年，一直负责侨商会会刊的采编，一应文书工作也挑在肩上。创作上，他大大小小获了不少奖，国家级省级文学期刊也发了些散文、小说，还挂了作协几个不痛不痒的头衔，时有文朋诗友聚会，在酒席上聊天总是离不开文学。昌祥不仅自己坚持创作，还积极组织侨资企业员工培训、采风、写作比赛，凝聚了一支侨资企业写作队伍。眼下，他的创作量没有以前那么多了，他在潜心读书，也在思考如何突破。据我观察，昌祥近几年来热衷书法，似乎摸到了些门道。我却为他担心，艺多不精啊。有一天聊起，我问他到底是搞文学还是搞书法。他的回答并未出我意料，嘴里蹦出"文学"两个字来，干干脆脆。

活把戏李绪恒

李绪恒是我正宗老乡，且是高中文科班同学。我们都属于偏科得离谱的那类。那时，他数学差，英语也好不到哪里。我虽说数学差到极点，英语成绩还算对得起亲戚。文科成绩好的李绪恒最终功夫不负有心人读上了法律专业，也算是对得起亲戚了。

说李绪恒是个活把戏，我是近些年才发现的。活把戏就是和稀泥、开玩笑，但又不至于低俗。三句话不到，起码有两句让你不得不笑。读书那时家境不好，心理负担又重，哪里还有多少心思开玩笑。所以那时的他，好多时候就是个闷心子，偶尔实在是憋不住了，也会来上几句，算是给自己减减压。

李绪恒是上一届高考"未遂"到我们班复读的，我们平时交往并不多。那时也曾听说他爪子痒喜欢偷偷写点东西，极有可能与我一样做着作家梦，偏偏我整文学社那阵子，这家伙没参加。也许是蓄谋已久的不怀好意，等哪天成名了再在我们面前显摆？到真正求证落实这事儿，却是好几年后我们在广东当"大师兄"的时候了。

大学毕业后的李绪恒在当地小镇司法所上了一段时间班，不久去了广州。那时候通讯不方便，好多事情都是听说，根本难以证实。我正是听老乡说他在中山某镇某工厂才去找他的。那时正流行 BP 机，我给它取了个非常"雅致"的名字——电子拴狗器。我腰里正是别着这东西去找绪恒同学的。作为工厂一名主管的他却没这东西。我说："大师兄啊！你原来不是写东西的吗？现在怎样了？"说这话当然有我用意——在中山靠耍笔杆子找碗轻省饭还是挺容易的。至少比他在工厂里要强。

李绪恒的回答犹如当头一棒。他说那一沓厚厚的诗稿早给焚毁了。为了生活？多正当的理由啊。听说李绪恒和他太太是历经八年才终成眷属的。还听说李绪恒在武汉念书时遭遇了好多难以述说的艰辛和困窘。我不知道李绪恒的那些诗稿究竟记录了什么，我更不知道他焚烧诗稿是否与太太有关。不过，既然后方巩固了，你得开始圆梦了。不记得当时我究竟用了多少个"了"，只记得李绪恒的脑袋像小鸡啄米似的表示是得重头再来了。

应该说李绪恒有点绝地反击的意思，他进入交警大队后，凭着多年来积蓄的文字功底，李绪恒得以迅速在宣传部门站稳脚跟。然后就利用业余时间拼命创作，相当长一段时间，本地党报副刊《第二故乡》版面几乎每期都有他的名字。几年下来遍地开花，硕果累累。而李绪恒也因此再一次逮住了机会，又成功进入宣传办从事记者、编辑工作。也正是那段时间，我们隔三岔五就在一起吃饭喝酒，一起用方言日白煽经，一起哈哈大笑不亦乐乎。

准确地说，是某次饭局上李绪恒主动提醒我他是个活把戏的。或许以前的他就是个活把戏，只是不太活跃，待我发现时他正处于高峰期。我们乡下还把活把戏叫和闲儿，我将其翻译成正统的说法叫"活着时的玩笑"。我们活在世，不就是一个天大的玩笑嘛。如果一个人极其贫穷时常常玩笑不断，往往被人称为穷开心。如果这个人有吃有穿，则被人赞许为乐活，心态好，定会健康长寿。李绪恒的和闲儿，与一般的开个什么玩笑，过一下嘴皮子瘾有着境界上的区别。

李绪恒婚后第一次带太太回我们老家见公婆，就开了个很有意思的玩笑。太太虽是湖南人，说话跟我们那边实际上相差不大。路上，李绪恒对太太说："我们老家有个风俗，婚后女方得称呼男方么么！"太太当然不知道么么究竟是什么意思。见自己先生一脸真诚，遂满口答应。家人见新媳妇儿初次来到，变着法子弄了一桌子好菜，一家人坐在席上正准备吃饭，发现李绪恒上了洗手间还没回来。太太就跑到灶屋旁的茅厕门边喊："么么！么么！饭熟了，等你呢！"听着媳妇儿喊儿子么么，老两口一时蒙了，一家人都蒙了。李绪恒知道太太上了当，就尽量克制自己千万别笑出来，最终还是没能忍住，"扑哧"一声，将口里的饭菜喷了出来。

李绪恒不仅能将自己变成老婆的叔叔，同样也能将玩得要好的同事，以及饭店里的女服务员变成侄女。这些看似智商不高的活把戏，仅仅只是李绪恒快乐生活的表征，但凡知道李绪恒人生背景，或是与他有过深层次交道的朋友，几乎都能深刻感到李绪恒冷幽默中所涵括的那种对待人生的态度。就我所知，李绪恒的少年时代和青年时代没少吃过苦，没少遭遇过逆境，高中复读时，家里大人甚至不惜将爷爷的寿枋卖了供他续读。大学毕业后多年的人生打拼，均不是一帆风顺。这种环境下成长起来的李绪恒，似乎有着格外好的心态。他不仅孝顺父母和爷爷，帮助兄弟姊妹也是极尽自己所能。每当遇到或这或那的困难，似乎很少看到他愁眉苦脸，即使偶尔有过不开心，那也是短暂的，不曾过夜。

　　反映到李绪恒的文学创作中，我们可以发现，即便是一件相当平淡的事情，他也可以写得极有味道，可以让你咀嚼玩味很久。著名作家李佩甫说，文学语言跟认知有很大关系。你的认识不到那一步，就不会出现相应的表达。语言与思维方向是密切相关的，语言的表达方式也就是作家的思维方式。无论是听他谈话还是阅读他的作品，你根本不需要提防自己走进任何的误区。坦诚中蕴含着幽默，婉转里袒露出直白。如果你带着沉重的负担，他会将你的幽默卸下，然后，再轻松踏上下一段路程。略感遗憾的是，自李绪恒从事新闻工作后，新的工作节奏或多或少分解了他的某些幽默因子，也一定程度影响了他的文学创作，最终导致我们更多的时候只能在饭局上，享受他的活把戏为我们带来的人生之惬意。

2014 年 7 月 23 日，龙斜口

山里来的黄同志

年纪稍大点的人应该都有这样的印象：二十世纪七八十年代，只要是吃公家饭的，我们都尊称为同志。被称为同志的人一般都穿四个荷包的上衣，左胸前插着一支钢笔，耳朵上时常还夹着香烟，走起路来有板有眼。最关键的一条，脸皮白净长相斯文。

我这里所说的黄同志当然是指长相，当然也不是那个年代，而是在广东。在外面时间一长，同志这个特殊阶层的形象就给淡忘了。直到那天照例是黄同志到我家做客，刚好我大哥说了句：黄同志稀客呀！潜藏在意识深处很久的那个同志形象，立马被激活而跃然眼前。这一看，还真像。

黄同志叫黄海森，老家和我一个镇。黄同志刚大学毕业来中山不太久，不知怎么就找到我电话，不知怎么就和我联系上了。有次和他一起到我家的，除了姚永林外，还有个江西小伙子，和他玩得蛮好的同事。那天吃罢晚饭闲聊，在姚永林的煽动下，几个人就斗地主。刚好那时我单位新来的头好这口。我不仅学会了锄大地，还学会了斗地主，前前后后好几年沉溺在这个里面。手正痒，我们仨就玩上了，那江西小伙子就在旁边观战。不知不觉间，就战了个通宵。这是我和黄同志刚认识不久的事件，后来我们还经常谈起那个难忘的通宵，当年是真年轻啊。

黄同志是西安计算机专业高才生。那时老家的人出来打工已成为一种潮流，毕业后的他很自然就来到恩施人扎堆的中山，在一家民营企业做与计算机有关的业务。虽说随便扔块砖头都能砸中恩施人，能在业务上帮得了忙的却不多。大抵初来乍到的人怀有的那份心思都极其一致，黄同志也想多认识几个人际关系网强的老乡。正是基于这种想法，他找到了很容易就找得到的我，而我也只能在有限的人际关系层面上尽我所能。至于是否能达成效果，则是另外一回事了。又许是我的真诚，让小黄同志觉得可靠，我们之间的交往就越发多了起来。

他是个想法蛮多且不太安分的人。每次闲聊基本都是他在表达，下一步将怎样践行自己的抱负和理想。那种渴望成功的心理极其强烈，以至于我都受到感染，忍不住要参与行动。无奈我这个人从来都是瞻前顾后，容易决策却甚少见诸行动。黄同志与我有着相同的毛病，反正没过多久，他放弃了计算机这块，进军灯饰领域去了。而在灯饰领域摸爬滚打了不少年后，给人的感觉就是总在荡秋千，一直晃来晃去。这多年他邀请我不少次，要去他位于横栏的公司"指导"，我总是一次没去成过。原因嘛，估计还是对他信心不足。

这并不影响我们之间的关系。通常都是他约我，还有恩施那些舞文弄墨者，自然也有姚永林等老友。用黄同志的说法，就是好久没聚了，聚哈。所以他每次在电话里的内容也几乎惊人地一致："才哥，最近忙么子啊？好久没聚了。找时间聚聚。我有些思路和想法，到时候给你汇报汇报。"这些年来，我们在一起聚的次数，几十次恐怕是有的了。好多时候的结局，似乎都是该汇报的也汇报了，该探讨的也探讨了，而且说的时候，面部表情十分端庄，甚至凝重。我也受到感染，好像这事真有得干。只是这多年来好像就没怎么成过。

当然，也有成过的。比较早的是组织同乡会。黄同志很有热情，积极性也非常高，几乎每次活动他都会亲力亲为。包括后来成立的商会，他一直都乐于跑腿，一说一脸笑，乡下人叫蛮有喜色。很自然地，商会成立后的他也担任着副秘书长一职。后来，黄同志还在灯饰工程业务上做到了全国不少地方，包括老家。几乎每隔一段时间他都会给个电话，暴露他的行踪，总是忘记不了我这个不太懂商业的人。

前些年，这位从山里来的黄同志又回到山里去搞发展了。后来才知道，这边的公司交给了他弟在打理。他发展的是种植业，种那种一年生的草本咖啡。真不知道他从哪里来的那么多门门道道，居然大山里也能种植咖啡。这事他不止一次给我说起过，我总觉得不太靠谱。一是这边的公司也并不是发展得很好，二是老家的人际关系实际上更难处理。要正儿八经成一件事，难度比广东大很多。这事他真还搞成了。前年回老家我第一件事就是去他基地看成果，站在斜坡顶端，望着那坡正在开花的草本咖啡，我还是蛮多感想的。尤其是参观了他的粗加工车间，真切地感受到在家里要干成一件事真的难。

很难想象，在老家种植咖啡的同时，黄同志还开了家饭店。车过美丽的清江大桥，转弯第一家就是。单从外观装修设计便可看出，这个见过世面的黄同志花费了不少心思。可小镇人流量实在太少，即便这些年来野三峡旅游的客人不少，再有格局和气量，终究是小河沟载不起大轮船。咖啡种植总算摸着了门道，目前却只能粗加工后销给专门的公司深加工，赚点辛苦钱。要创建属于自己的品牌，还有很长的路要走啊。这中间的过程，留给了走路的人，再难都是他们的事情。我们这些路人都是局外人。我们的鲜花和掌声，都是在他们取得成功之后的一种象征性安慰而已。

前方的路依然太凄迷，黄同志还在蹒跚前行。他从来就不缺乏乐观主义精神。每每有曾在广东一起战斗过的老友回到小镇，这个一脸热情的小兄弟，总会早早在他的吊脚楼餐厅，备了上好的腊蹄子和清江黄骨头鱼，更有苞谷老烧和咖啡茶，静候朋友们的到来。然后，再带着他们去他的咖啡种植基地参观。走的时候还得每个人送几包咖啡茶。

刚认识黄同志的时候，他还是个二十郎当的未婚青年，现在孩子都快小学毕业了。

其实，黄同志此前还多次和我谈起过家乡的标志产品景阳鸡，也曾尝试过走了一段弯弯拐拐的路程，最终没能完成自己的夙愿。情怀依旧的他，依然选择将自己的心血抛洒在那片神奇的土地上。就像那些开满耀眼花朵的草本咖啡，在景阳关下绽放出自己的芬芳。从山里挣扎出来的黄同志，最终还是回到了山里。也许，他一生的事业就只为下一个即将迎来的乡村振兴潮流，按下时代的琴键，流淌出美妙的序曲。

2020 年 4 月 22 日，世界读书日

曹过亿

中山恩施人不知道曹过亿的不太多，即便不认识也一定听说过。圈子就这么大，微信传播功能又如此强。再说，长期住山旮旯的恩施人，孤独感迫使他们喜欢吆三喝四，嗓门特大，生怕别人听不到。隔三岔五一帮子人就去恩施土家菜馆撮上一顿，大碗喝酒大碗吃肉，这曹过亿的名字就不胫而走了。

其实，曹过亿这名字也不可能一步到位。先是曹百万，再是曹千万，最后才升级到曹过亿。我这样说，你就明白原来是个姓曹的老板，从零开始，一步步成长至身家百万，并不断升级，直到最后身家过亿。

曹过亿本名曹正伟。最初我们都叫他曹政委，有时也叫他伟哥。叫完伟哥，还一脸坏笑，他也跟着笑，蛮柔和的那种。其实，他本身就是个一脸笑的人，我们乡下就说这人蛮有喜色。有喜色的逗人喜欢，逗人喜欢人缘就好，人缘好了办事自然就方便无比。最初，他在本市一家电缆厂做销售，做着做着就做成了曹百万，房子车子妻子儿子啥都搞定了。你当然不会说是满脸喜色帮了他。生活并非因为 A 所以 B 那么简单，就像我们常说努力不一定成功，不努力则一定不能成功。

一个人成功的因素当然是多管齐下。就说曹过亿吧，他除却满脸喜色外，还深谙人际关系，一些微妙之处，他就是能处理得妥妥帖帖，这个与读书多少没太大关系。

曹过亿的确读书不多。读书时的曹过亿，就是个典型的调皮捣蛋鬼，书读不进去几本，搞同学关系却格外在行。那时曹过亿老爸是当地有名的兽医，接过老爸衣钵过一辈子衣食无忧的生活，于他而言可谓探囊取物一般轻松。初中刚毕业那年，村子里有不少人到广东打工，回来过年洋气得很，比做了几十年兽医的老爸风光多了。

曹过亿闯广东的故事，就这样开启了。

曹过亿最初那段鲜为人知的经历该是怎样的动人心魄，我们不得而知，反正认识曹过亿时，他已是电缆销售界很有来头的人物了。那时的曹过亿每每完成了销售业绩拿到了足够的钱，就会泡上一杯热茶，然后半躺在沙发上，浏览起本地的报刊。而我们这帮子摇笔杆子的恩施老乡，凭借着报刊，就这样和他认识了。然后，几乎每隔一段时间就会收到曹过亿的短信，要么登山，要么找个地方玩耍，要么直奔主题，直接去饭店开吃。

那时的曹过亿酒量骇人啊！2006 年左右在港口蓑衣饭，足足干了一斤半五十几度苞谷老烧的他，还不依不饶非得带我们去洗脚。那豪爽的镜头过去了十多年，其画面感至今依然清晰如昨。

线缆销售业绩稳定下来的曹过亿，就开始谋划着创业了。据我所知，这些年来，他先后涉足过不少行业，比如餐饮业、一次性筷子制造行业、花生豆芽代理、多功能运动鞋业，等等，尤其有段时间，还想卖豆腐。反正是哪个行业有钱赚，或者说有可能赚钱，他都会花上一段时间琢磨、考察，然后就径直进入。也许正是他这种敢想敢干的精神，使他不断地积累了不少实战经验。至于这些项目究竟赚了多少钱，根本就没多少人太在意。估计是恩施那帮兄弟们见曹过亿参与的项目多，而且确实也赚到了钱，才给他戴上这顶帽子的。

据说十几年前的曹过亿，销售电缆赚了不少，在巩固好自己的后院后，一鼓作气在老家花坪镇上买下了多间商铺。花坪是个什么地方？有小汉口之称的小镇。那里是整个建始县最繁华的镇区。坊间传说，花坪差不多半条街都是曹过亿的。

曹过亿有钱是板上钉钉的事实，他一点都不啬巴。广东人说小气叫孤寒，我们恩施则说越有钱越啬巴。曹过亿招待客户舍得花钱，那是他该花的，舍不得孩子套不到狼嘛。他的舍得，主要表现在对老乡上，无论是摆开学酒生日宴还是满月酒，只要叫到他，除却特别原因他都会到场。他说人捧人成高人，人抬人成人上人。做生意实际上就是做人，尤其在中国这个讲究人情关系的社会里，做人就显得尤为重要。

别看曹过亿读书时吊儿郎当的，在对待两个儿子的教育上格外卖力。那时候一家人户口还没迁过来，为大儿子能上公办学校，享受到更好的教育资源，他到处求爹爹拜奶奶，最终将儿子弄到了一所很好的小学。从那时起，曹过亿几乎将一半精力放到了大儿子身上。每天按时接送，回家盯着辅导作业，周末又带着儿子到处参加各种活动增长见识。儿子稍大，曹过亿辅导不了，就请来专门的辅导老师。尤其到了初高中阶段，为了和学校搞好关系，曹过亿进入家委，担任义工，出钱出力，时常请老师们吃饭，为儿子可谓用足了心思，也花了不少钱。他当然知道挣再多钱也未必就是儿子的，只有儿子足够有用，这钱才算放到了稳处。

倾心付出得到了回报，曹过亿大儿子最终考上了市属重点高中，按目前的发展势头，考上好大学那是分分钟的事了。现在，小儿子也正在蓬勃成长中，根据曹过亿过往的经验，相信他会付出同样的心血，不出意外，小儿子将来也有一个很好的前程。

或许，曹过亿这个名字在过往的那么多年里，含有一定的水分。我相信随着两个儿子的茁壮成长，他正在向着一条名副其实的道路前进。到那时，曹过亿这个名字不仅会被很多恩施人铭记，更会成为无数后来者仰望的高度，以及不断追赶的标杆。

2020 年 6 月 17 日

德　发

　　德发全名田德发。"德发"谐音"得法""得发",前者表达的意思是做一件事情找到了门道,后者表达的意思是一定会发达。如此一来,他的姓氏就给忽略掉了。喊的人顺畅,听的人舒坦。无论是得发还是得法,都满含着祝福和吉祥的荣光。

　　知道德发是建始花坪田家坪人时,我感觉格外亲切。三十多年前,我在花坪读高中,从集镇通往二中那条路,进进出出几乎走烂了,绕不过的就是田家坪。那时候,每天还在上早自习时,卖油饼包子馒头的,早早就在窗户外的走廊上摆开了架势,中午和下午的饭点,卖洋芋坨坨的卖菜的,几乎都是田家坪的姑娘唱重头戏。那时有个长得漂亮的田家女子,卖的油饼色香味一应俱全堪称一绝,背地里我们都喊她油饼西施。我们吃的是大食堂,自带的苞谷面或者大米,都要装进自备的饭盒拿到大甑里蒸,有个别胆大妄为的学生,常常趁浑水摸鱼将别人的盒子拿走,吃完饭菜后,偷偷将饭盒埋在了田家坪的坡地里,最后被田家坪的人深翻的时候给挖了出来。短短三年时光,好事坏事经历过大把,如今都成了美美的回忆。

　　德发比我整整小十岁，我读高中时他尚属于穿开裆裤的年龄吧，说不准从他家门口过，他还端着比头还大的青花碗，使唤看家狗咬过我，这都不重要。重要的是若干年后，我们在另一片土地上相遇，还成了要好的朋友。要知道，老家的坡田坎下都分得很清楚。那年回建始办事，老师谈到县文体局局长，还对我说："景阳河的，你老乡哩！"要我说，现在的德发和我才是正宗老乡哩。

　　在中山这个不小不大的地方，我们几乎只认恩施籍的为正宗老乡。湖北太大，三教九流的多，我们都愿意将复杂的事情简单化。即便在商会这个组织里，我们一般都不会探究恩施哪个县哪个市，只是德发和我太特殊了，一个景阳一个花坪，等于是正儿八经的坡田坎下。

　　第一次认识德发是在商会办公室开会，他自我介绍说："我叫田德发，这个名字是有来由的……"后面的好像还没说完，就有"接屎瓢"给接上了："我看得法！""我看也得发！"一阵稀里哗啦的乡音，就将德发的自我介绍给淹没了，甩句恩施话叫乌尔完之。一晃就十年了。那时的德发真是年轻啊，才三十冒头，就办起了属于自己的五金加工制品厂，让人艳羡不过，却又不得不服。恩施老乡创业的经历几乎有着惊人的相似。完全可以说是"三无"：无任何后台，无任何底子，无任何经验，一切都是从零开始，一切都是靠自己，只不过每个人都有着属于自己的故事而已，德发也不例外。

　　德发的故事要从1998年说起，那是国家包分配的最后一年。说包分配，实际上还得拿钱打通上上下下的关节。德发读的是文秘专业大专班，眼看着就要毕业了，老爸到处借钱，七拼八借凑齐了将近五万块钱，上上下下打点，就等儿子去捧铁饭碗了。德发却执意要出去打工，差点没将老爸气个半死。

原来，村里要好的伙计在沿海，每个月能轻松拿到一两千块。德发想，凭自己的文凭和能力，不说超过伙计，起码也能拿到他那个数吧。老爸知道口水说干了也没用，儿子啥性格自己再清楚不过。这一次，老爸硬是咬着牙将家中所有的积蓄，连"分子粑粑"都翻出来，全部交给了儿子。

怀揣着沉甸甸的 470 块钱，德发迈出了闯广东的第一脚。

德发说 470 这个数字他一辈子都铭刻在心，那时家里实在太穷了，好不容易才凑到这点钱。德发还说理想与现实的差距还是蛮大的。也只有到了沿海，才知道锅儿是铁打的。那时男工找工作特别不容易，无奈之下的德发，最后落得去央求包工头拉水泥砂浆的地步。由于没干过这种体力活，德发又拿出仅有的十来块钱买了包烟，去央求包工头换做小工提砂浆。最窘迫的时候，有段时间吃完两包快餐面，就面临着晚上要吊锅的困境，只好厚着脸皮问工厂主管借钱。还不敢借多，开口十块钱，别人却从屁股后面抽出一张五十。德发一下子就买了三十斤大米两罐花生油，解决了一个月的生活。

别看德发是文秘专业出身，干起苦力活来不仅速度快，还肯动脑子巧干，往往一个人顶好几个。自然也就比别人多出更多选择的机会，而德发又善于抓住稍纵即逝的机会，不断提升自己，最终从一个普工快速成长为大型企业的高层管理。

至于德发后来走上创业之路，则来自打工那家老板的失信，这同样成了他这些年来诚信经营的一面明镜，不断烛照自己，使得自己的公司稳步发展，而成为同行业的楷模。当年的德发靠着自己的德能勤绩，在业界成为一面旗帜，以至于有家公司连年亏损后，重金将德发挖过去，并许下分红的诺言。德发自然也是不负厚望，一年多时间就将该公司由负债改变为年盈利近千万的气象。眼看着就到了老板兑现承诺的时候，却迟迟不见动静。德发一言不发，悄悄选择了离开。

他决定自己做老板来大展拳脚。他要将那些年积累起来的管理经验和人脉资源，还有自己的独特理念，在自己的一亩三分地里充分彰显出来。

德发的"发"，不仅体现在公司的前景，也同样体现在身体的发展。德发个头不大，质量却不小，惯用的说法叫横向发展。巅峰时期估计海拔与直径大致相等，饱食应该在九十公斤左右，走路的姿态极像螃蟹过街。我们以前常在一些文学作品中读到过关于广东老板的形象，德发即为一例，他不是广东人，却胜似广东人，前提是不能开口讲话，否则以他比较正宗的"恩普"，绝对会露馅。

德发的酒量和烟瘾，也是我相熟朋友里非常厉害的。先说说他的烟瘾，据他自己坦白，高峰期每天得四五包，几乎是烟不离嘴，一支抽完不过三五分钟又点上了另一支，一个火机都用不了太久。当然，这里的四五包，也包括扔出去给客人的，恩施人几乎都有这习惯，烟是和气草嘛。而德发的酒量究竟多大，没人知道底细，每次在酒桌上喝酒，只要有人挑逗或者起哄，十有八九他会接招。要么换大杯，要么拿瓶直接"吹"。前段时间喜哥在沙溪请兄弟们聚餐，我去了趟洗手间，来回不过五分钟，一瓶1400毫升的洋酒，就被德发和喜哥俩平分，干了个底朝天。喜哥是被人抬回去的，德发屁事都没，走路稳着呐。要知道，此前的他已经喝了半斤多。

也许是烟瘾和酒量导致了德发的体重还在无节制地"发"，走路越来越像个肉球往前缓慢滚动。他决定"节衣缩食"，开展自救。先是将吸烟量每天控制在两包内，且改为焦油含量低的品种，然后是坚持不吃晚餐，再是加大运动量。为此，德发在公司专门开辟了一间乒乓球运动室，每天坚持打球至少两个小时。这几年谁邀约德发吃饭喝酒，先得去他运动室干上两个小时的陪练。要不，就是去他茶室喝茶聊天，聊着聊着，还是忍不住要去运动一场才肯放过手。

功夫不负有心人，一年后我再次见到德发时，差点就没认出他来。大肚子不见了，脸上也白净多了，好像也不怎么喝酒了。烟自然还抽，却没之前那么密了。不过，豪爽的性格再怎么变也不会很大，劝的人一执着，他招架不住也就半推半就，从了。

最具戏剧性的是那次在鄂硒土家私房菜喝酒，喝着喝着就高了，我这个年过五旬的老人，自恃还有几两力气，居然要和那帮年轻人掰手腕。看着德发仗着年轻在那里有点轻狂，更因他与人扳过一轮，我与他表现出同样轻狂的一面，叫嚣着要一比高下。观战的也是看戏不怕台高，一边喊"发哥"，一边喊"才哥"，那气氛不亚于电视剧里面设置的情节。尽管为我助威的声音力压德发，尽管德发经受过一轮挑战，最后还是我败给了岁月，两人势均力敌，以平局收场。这段精彩画面被好事者拍了出来放到群里，不少认识我的看到后，纷纷发微信给我：谭老师您还搞得哈子嘛！意思是说我年纪一大把，还在和年轻人比力气，是在婉转批评我，得注意身体。

精彩的画面，往往会放在后面徐徐展开。

大约过了一个多月，就在我将忘记这事时，有好事者向我爆料了，说田德发那晚掰手腕回来，手杆子贴了一个多月的膏药才好。回想当晚的情景，自己也耗费不少，但不至于要贴膏药呀，脑子里瞬间晃过"姜还是老的辣"来。及至再次见到德发谈及此事，我说你那是姿势不得法呀，二人相视，大笑一场，想起来亦乃人生快事一桩，不亦乐乎。

我曾好几次受邀去过德发位于港口的五金制品厂，场子不算大，麻雀虽小却也五脏俱全，什么企业理念啊管理目标啊，等等，都有模有样，看起来很是那么回事。几年前德发也邀请我给他们员工讲堂课，囿于没找到合适的契机，直到今天还没完成这个我们共同的夙愿。我在想，恐怕哪天两个都不喝酒，或许能合力了却这个意愿。再一想，不对呀，给员工上再多的课，还不如给老板上一堂课。一间公司能走多远，先得看老板能走多远。而老板能走多远，首先要看他的思想意识能走多远。而德发又非常愿意与不同行业的人交流，从这个意义上来说，今后我也得与德发多碰撞。

德发，首先要"得法"，然后才"得发"。很显然，德发不仅得法，还得道，所谓道法自然是也。至于发多久？不在你，不在我，关键在他。而他又是个对新生事物有着浓厚兴趣的人，我们也因此对他公司的未来充满了期待。

2020 年 7 月 5 日

江 哥

早些时候，身边不少人喊他江哥，我还在喊他名字。后来就觉得不亲切，要么冉总要么江哥，稍做考虑，选择了后者。理由容我慢慢道来。

曾经有段时间将江哥认成了港口那个小混混。那时候港口有个人靠年轻成功俘获一富婆青睐，买了台红色跑车，蛮拉风，常常跑到蓑衣饭店吃饭，恩施话说蛮洋式，二喀二喀的。直到后来在商会确认了真实身份，才知道在我误解之下的江哥，背了好几年误伤。

有段时间的江哥，不知道哪根神经出了问题，留着一脸的络腮胡子，简直就是电视中看到的拉登形象。记得是回恩施还是哪次，又忘了具体时间，反正我永远记得当时有人开他玩笑：快跑啊，快跑啊，拉登来了！拉灯要出问题的呀！

据说江哥当年从建始师范毕业后，也曾为人师表，没太久，他就跑到中山打工来了。说是打工，实际上在工厂根本就没多久，等于是走了个过场。我怀疑是不是还在为人师表那时，江哥就开始心猿意马？反正他做员工那会儿，从来就没老老实实干过。别人在兢兢业业工作，他在想歪门儿：哪门才搞得到大钱呢？

别以为江哥一出来就搞到大钱了。其实，开始他确实也搞到过大钱，但那时的江哥有点飘啊。人在江湖飘，哪有不挨刀的道理。轻轻松松赚了不少，就以为不就是几个钱嘛。于是，一坨钱砸进去，就搞拐哒。钱砸哪里去了？灯饰。那些年中国灯都已经变成了世界灯都，仿若只要将钱扔进机器里，就会源源不断地流出红彤彤的钞票来。

多年后的江哥说，那是交的学费，老了有故事给后辈人讲了。江哥亲口对我说，他砸进去一百多万，换来了满屋的习酒。至于灯饰怎么魔术一般变成了酒，他没说，我也没问。他不好意思，我更不好意思。反正这笔学费比较昂贵，我是众多获益者中的一个，无非就是隔三岔五喊我喝酒。

有人问江哥做么子生意的，怎么说呢？我只知道他是做木皮生意的。至于木皮怎么做的，我也不晓得。我唯一晓得的是，仅仅这点看起来不咋地的生意，每年都有比较可观的收入。据说江哥还有其他生意，也仅仅听说而已，比如前段时间和海华一起卖一种稀奇古怪的鞋子，不知道赚到了多少钱。像我们这样的所谓的文化人，哪里好意思谈钱？管他赚多少，隔三岔五请我喝个酒就知足了。俗话说赚钱不赚钱，赚个肚儿圆。我肚儿圆溜溜的，知足啊。

说到江哥，还有一点不得不说。别看他没读多少书，在台上讲话倒是一套一套的。还记得那年恩施总商会在中山举办大型运动会，那么多人在台下，江哥硬是一点都不怯场。那个举止啊，那个台范儿啊，没得说，硬是迷倒了台下那么多的姑娘娃儿。

却说江哥那些年在商会做秘书长，硬是一分钱都没收过。他说，别的商会秘书长每月一万两万的收入，你以为我不想收啊，整个商会的哪个不是在做奉献？尤其是商会核心的那些常委们。作为商会位置非常重要的秘书长，不仅不能收，还要带头付出，多付出。外面人说恩施人很团结，没有一大批人的默默付出，没有众多"江哥"的参与，哪能有这么美好的画面？

别看江哥平时一口一个谭老师，尊敬得不得了，实际上我们一到堆，他总是调戏我，尽说些日古子淡叉叉的，根本就没当我是老师。本来我就不是他老师，也是他要这么巴皮巴肉地叫，搞得好像真的了。尤其是每次抓住他把柄后，总是将我抬起来当他的挡箭牌：是老师教坏了学生的！真有如此优秀的学生，我还不跳起来到处宣扬？

我知道这是江哥在使坏，他就是这种性格，每次都要等我喝得差不多，就故意和我抬杠，老说些他自认为经典的定论。你想想嘛，我怎么会因为他钱多就让他掌握话语权？老谭什么人？老谭就是喜欢喝了你的酒，还要找你茬的人。这点道理都不懂，还一口一个谭老师，简直就是个生日古子。

还有一点，我又觉得江哥还是蛮有表演天赋的。只要一遇到和他旗鼓相当的拍档，不分场合，他都能来上一段即兴表演，尤其是去歌舞厅后，简直就是如鱼得水。他那漂亮的嗓音也委实吸引到了不少女粉丝，只是江哥从来就没承认过，猪脑壳煮烂了牙板骨还是硬的。我承认江哥是有表演天赋，可正儿八经要他上台时，却又这呀那呀的磨磨蹭蹭。那年写了个三句半，计划要他去武汉代表中山恩施商会表演，总共四个人，第一个撂挑子的就是他，嘴巴皮磨起茧了，就是不肯答应，最后也是不了了之。用江哥的话说，那时候因为新开的公司特忙，实在是分身乏术。现在就好多了，以后还会继续为商会做贡献。

喔，想起来了。江哥在老家也有生意在做。好多人都晓得他在黄鹤桥风景区有一大块地，前年就在搞开发。据说因为政策上的原因，那块地搁置了下来，目前什么状况并不清楚，但赚钱是迟早的事。反正既然他没心没肺地喊我老师，到我退休了回到南朝没地方住，就赖上他。我要大喊一声：江哥，哪里跑？老师要唱《流浪的人儿在外想念你》了。

文章接近尾声，突然又想到江哥前些年在建始一中资助了好几名学生，不知道现在情况是怎么样了。一晃，好像有些日子没见到江哥，就有点想他，也想和他聊聊这个事情。毕竟，作为一名有点情怀的企业家，每次和他说这个话题，他显得格外真诚，不再轻浮，不再嬉皮笑脸打哈哈，也正因为如此，我对这支潜力股投去一瞥敬佩的目光。

江哥，全名冉江。恩施不少地方冉字读成阮，于是冉总也就变成了阮总，冉老师也就变成了阮老师或者痒老师。

2020 年 7 月 13 日

第五辑

蛰居镜像

爬 山

听说要爬山，本来并不怎么兴奋，因为是作协举办的，且有一班狐朋狗友说说笑笑，而且还不用自己掏腰包，不去白不去。

我是山里人，至少爬了二十年山，好不容易才爬出大山，个中滋味尝够了。在城市的十几年里，是优越的工作和上好的生活将我养得白白胖胖，兜着个将军肚，老板一样慢吞吞悠悠然。要说健身，城里的公园到处都是，哪要跑那么远？

也许是在城市里待得太久，早已疏远了和山的关系。走到山前，我不得不重新审视一下在我面前的高山，同时，也要接受山对我的审视。要是搁老家，要是搁 N 年前，这哪里称得上爬山。而现在，我还真是有些胆怯了——来回得一个多小时，穿的还是皮鞋，万一在中途爬不动了，返回就更麻烦。大山曾将我养育长大，教我怎样在艰苦的环境里挣扎，以怎样的方式挣扎着舞蹈，并将我放飞，回来的路竟是那么的崎岖。也许，是大山激发了我赘肉里尚未完全引退的激情，我终于鼓起勇气，跟随人流钻进了山里。

其实，景区里爬山，并没我想象中的艰难。路虽有些崎岖，但经过了人为的加工，平路有水泥铺就，石级仍是水泥铸成，可拾级而上，可驻可行可赏可玩，间有山涧小溪，虽有探险娱乐项目，也加了防护措施。即使落下去，根本不会伤筋动骨，与老家的深山峡谷一比，奇是奇了些，险就是小巫见大巫了。

毕竟是大山的儿子，生命的基因里秉承了大山的坚毅和执着，只要一走进深山，我所有的零部件就被完完全全启动，那些城里人看来十分刺激的游乐项目，在我眼里简直就是小儿科。渐渐地，我就与山融为一体，就像儿时回到了父亲的怀抱里。而那些真正的城里人，胆量小得惊人。遇到天桥、软梯之类在我看来有惊无险的娱乐时，他们男的多数都望而止步，女的呢，尖叫声不断。

城里人面对这大自然的魂灵时，那样胆小，胆小得面对这大自然的精灵时竟然浑身颤抖，两腿就像棉花一样柔软无力。这时候天空也适时下起了小雨，好像是在戏弄那些城里人，又好像是在考验我这个山里人。记得我还在乡下时，有几个在城里住了很久的乡下人回来探亲，竟然走不了那崎岖山路，一瘸一拐，那样子令人觉得可笑和作呕。我不明白为什么乡亲们还说："看，城里人就是不一样！"如果我与他们一样，也退化到这种令人作呕的状态，不知道我远在乡下的父母怎么说呢？我忽然就感到有些悲哀。

山是一种海拔，更是一种高度。只有当你逾越了某种界限，才会欣赏到更为伟大的风景，才能胸有万千丘壑吐纳万千气象。也只有在山脚下仰视，你才会感到自己的渺小。也只有雄立山顶俯瞰山脚，你才会感到山的伟大。于是，征服的念头顿然升起。一步一步向着一个高度进发。从小生活在城市里的人，他们呈现出了两种极端。那些年龄偏大的，望山兴叹望而止步。他们在生活的这座山里摸爬滚打了许多年。他们深知山的脾性。或许他们曾经达到了某个高度，今天来纯粹是看看另一种山的模样而已。那些年轻人，个个跃跃欲试，做出一副征服大自然的气概，他们哪里就知道山的深浅哩！

在越来越高的蹭蹬中，年轻人终渐体会到了攀登的艰辛与困苦。一个人只有达到一定的高度，他才感觉得到自己的浅薄，他也才感到自己面对的高度是那么的不可企及。比如这山。正所谓不登高山不知山高，不临深溪不知地厚也。嘻嘻哈哈的无畏者开始沉默。每个人各怀心思，借助不同的方式向前，再向前。过了胆战的索道桥，过了心惊的钢丝绳，过了许多娱乐健身的项目。有的人想退却，寻思着一路的艰辛，想象着败阵的狼狈，更因为只要爬上山顶，回时的路就顺风顺水，便咬了牙关坚持下来。这时，一个因为无法忍受灵魂的煎熬而歌唱的里尔克在说："挺住意味着一切！"

我曾在大山里摸爬滚打多年，从呱呱落地到牙牙学语，到入学求知，到进入社会的急流旋涡，无一不呈现出爬的状态。在这种状态下，我和所有山里人一样，为了生存，为了更好的生存，不得不呈现出爬这种状态。无论爬的姿势多么笨拙，甚至还有些丑陋，但我一直小心保护好自己的双膝，从未因为缺钙发软而下跪。而作为在城市里过惯了悠闲日子且有几个闲钱的人们来说，爬山只是他们寻求刺激或是娱乐健身的一种休闲方式，两相对比，我不禁又生出许多感慨来。山里人还在追求结果，而城市人早就开始享受过程了。

山，最终被我征服了，然而过程却是那么的不容易，一如我当初花了二十多年才征服莽莽大山。之后，我又在别人的城市里征服另一座大山，一座又一座大山不断突兀横亘在面前，就构成了我们人生多彩绚丽的华章，而我们永远都得不忘初心，且拿出最初的状态，才能一步一步爬向山顶，去采摘属于我们的果实。

电 话

　　一个周末下午，我正在外面和一帮文友聚会，聊兴正高时，妻忽然从店铺里打来电话，慌慌张张说要我赶快回家，去找一下两个孩子。她说今天下午家里电话一直都没人接，不晓得出了什么问题。有啥好担心的嘛，大的十几岁都上初中了，小的也在读二年级。不一会儿，电话催命鬼似的又来了，说，现在都七点多了，还没给她这个当妈的电话"报到"，不知是不是真出了什么问题。我在电话这头都明显感受到了妻的焦急。

　　两个孩子我是知道的，四岁多就知道有什么问题打我们电话了，既然没电话来就说明毫无问题。晚上回到家，两个孩子睡梦正酣，这不好好的嘛！没见哪里缺一块少一坨，一时间就觉得妻简直就是大惊小怪，故意直到次日早上才给她报告。电话那头明显感到昨晚积下的怨气已然消退，她说很高兴什么事都没有。

　　我却高兴不起来。

　　小时候，我们山区普遍用煤油来解决照明，很多时候我家连打煤油的钱也没有，只好去山里挖松树根上的疙瘩结，或是扒回松油脂来照明。记得大集体那时，公社开群众动员大会，干部给我们农村描绘了一幅非常广阔壮丽的前景："到那个时候啊，我们楼上楼下，是电灯电话。有个么事，一个电话就行哒！"紧接着，村长跟着在公社干部的屁股后面打补巴："那电灯啊，明晃晃的像火塘里的明火屎，连针掉到灰坑里都捡得起来！"

这情景，大多数年轻一代在露天电影的片子里看到过，他们还可以充分发挥一下想象的翅膀，憧憬那美好的未来，可是，那些从旧社会走过来的老人们就难以理解了。机匠包六十多岁的爷爷完全不顾在场的那么多干部："现在连吃饭都成问题哒，还电灯电话，我看是'楼上楼下，油亮子疙瘩'啊！"说到电话，当时整个公社就那么数得清的几部。用现在的段子来描绘当时的景况就是："交通基本靠走，治安基本靠狗，通讯基本靠吼，电灯基本靠煤油。"

旧社会咱老百姓过着暗无天日的日子，年难过。新中国成立后，咱老百姓过着有奔头的日子，盼过年。而改革开放以后，老百姓的日子可以说天天像过年。苦难的日子是度日如年，幸福的日子是光阴似箭。

不长不短的三十年犹如弹指一挥间。

三十年来，我不仅从一个学童，完成了自己的学业，更是从一个边远破落贫穷的山区，在沿海这座城市里扎下了根基。曾几何时，为了跳出农门捧上"铁饭碗"，我们几代人朝思暮想，"天天晚上元宝梦，清早起来现门头"，不知道制造出了几多的悲欢离合世事沧桑。如今，美梦成真，理想成了现实。蓦然回首时，竟然有那"朝为田舍郎，暮登天子堂"的亦真亦幻感觉。

遥想当年，我曾经何等悲壮地与我相濡以沫的土地彻底割裂，辗转来到这座城市追求自己的理想。虽然起初找工时，我只能留下朋友工厂的电话作为"中转"，但1997年我供职的单位就为我配备了一台寻呼机，不过半年时间，我又拥有了第一部手机，紧接着老婆也用上了手机，家里还安装了固定电话。当然，相对于个人的发展而言，"手机"仅仅是我人生追求中一个小小的附加值而已。

现在，身边几乎所有成年人都拥有了手机，手机的价格低廉，品种多样，而且收费也渐趋合理。还在念书的学生和赋闲在家的老人也用上了手机。学生用手机和老师沟通，老人用手机和子女交流。短短几年间，手机就从一个无比高贵的小姐，"飞入寻常百姓家"了。想起20世纪90年代初期，某人从屁股兜里非常神气地掏出砖头样的"大哥大"，还专挑人多的场合，高声阔嗓地通着电话，那是何等的气派，惹得多少人的眼睛直直的转不过弯来。你不得不慨叹时代变化之快，快得眨眼的工夫就发生了许多令人意想不到的变化。

今年五月回了趟老家，虽然山区这些年的发展与沿海相比，还存在不小差距，但也有许多亮点。当年的"四靠"早已成为历史，取而代之的是一幢幢别致的小洋楼，一辆辆飞驰的摩托，一部部精致的手机。农村普遍进入了电气化时代，部分家庭更是用上了天然气和太阳能，甚至大城市里的超市也被"克隆"进了偏僻的山旮旯。为了迎接我的"回归"，弟弟一个电话接着一个电话，不断邀请周边的亲戚朋友前来聚会。一袋烟工夫，大马力的摩托车就突突突一辆接一辆停在了新建的小洋楼门前。想起多年前死气沉沉的蛮荒山村，如今也在开放的大环境下逐渐苏醒，我的精神在相当长的时间里，一直高度昂扬，无比兴奋。

回到这座城市，我似乎又回到了较为冷静的状态中。改革开放无疑使老百姓的生活质量得到空前提高，特别是科技的不断更新发展，让我们的生活呈现出前所未有的便利，我们在驾驭高科技的同时，却不善于拒绝某些隐患的附生。就比如电话，它方便了我们交流沟通，拉近了人与人之间的距离，提高了我们生活质量和工作效率，但无形之中，我们也逐渐反被它拖累，一旦有什么风吹草动，就变得那么的神经质，甚至脆弱不堪。如今的现代社会，已经发展到如果一个人一不小心丢失了电话，或者是一段时间听不到电话的铃声，就变得无所适从，神经兮兮。这个现象传递给我们的信息，等于是向我们发出了严重警告，如果不及时注意和反思，终将走向作茧自缚的境地。

电话的城乡普及只是这个时代巨变中一个小小缩影，在它身上，折射出的是一幅七彩斑斓的时代画卷。

程 序

以前刚接触电子计算机的时候，压根就没怎么留意里面有好多名词实际上就是从生活里挖出来的，甚至就是克隆生活。比如"程序"，就让我想到自己的当下生活。

每天六点半起床，先是雷打不动的新陈代谢，然后是洗脸刷牙梳头刮胡须吃早餐等一系列烦琐的程序，七点钟下楼梯，边走边从口袋里掏出钥匙串。开门推车再关门再上车插钥匙打火，不快不慢二十分钟抵达单位。打卡是我上班的第一件事情，指纹的，一定要听到那个熟悉的"谢谢"后才算打卡成功。这个过程中我已在一大串钥匙里，准确而熟练地找到了二楼办公室那把。开门开灯放好手提包，在计算机启动程序时，我还可以从容地将钥匙放在该放的位置，把手机放到合适的地方。钥匙有点多，单位的家里的摩托车的，加在一起少说也有半斤，只能放进包里。据说手机辐射厉害，可几分钟手机不在身边又失魂落魄一般。工号牌要戴，原因很简单，我不是老板。一切准备就绪，计算机也刚好完成它的全部启动程序。呵呵，多么相似，又是多么的吻合。

这些程序是我为自己设计的，也是工作的需要迫使我必须这样做。如果某天某个程序没到位，可以肯定地说，无论谁都会不同程度地乱方寸。也许，我的程序和他人并无多大差别。如果一定要有，估计就是细节上的。比如新陈代谢，我从来不像单位有的人，非得将这些肮脏东西带到单位上班后解决。还得拿着张报纸，不看完整个版面都舍不得出来，好像里面的负离子特别高，不猛吸一阵对不起自己似的。当有天谁在单位洗手间吸氧后没冲水，老板对着我说这件事时，感觉他在说我一般，心虚极了。我的程序老板自然不知，也没有必要透露出去。某些程序只要时间一长，谁都会摸准，特别是领导层。

三十岁前，我也有自己的程序，而且经常不是被自己就是被别人打乱。妻说我是为朋友而活，只要朋友电话打来，家里再有啥事情也立马扔下，好像丢了魂魄。说是聚会，其实也就是喝酒会，一帮人在那里疯疯癫癫高谈阔论，不到饭店服务员赶我们走，从来就没早走过，时间一久，再年轻的程序也有极限，到了时候就得更新换代。计算机不仅可以升级，还可以更新换代，越换越先进越灵活内存也越大，人却毫无办法。过来人都知道，有毛病只能修修补补，若到了要更换主机，等于人生到了尾声。这是人类共同且悲哀的结局。而我正是在那段时间，将自己最主要的具有排毒功能的肝脏给弄坏了，就直接影响了我的整个程序。医生给我下达判决书，说以后千万不能沾酒，千万要护理好自己的身体，否则……

医生，你就别往下说了，我知道错了还不行吗？我改还不行吗？其实，这番话要当着老婆的面说才有用。自从知道这个程序被破坏后，我就一直关注着这个世界性的难题，主动将酒拒之门外。人的程序通过维修、修改、保养，还有可能多用一段时间，如果真要更换了，我不敢再往下想。

我决定修改我的程序，尽量不要让自己太累，每天中午挤时间也要休息一下，晚上十点准时上床，所有社交活动能推则推，不能推的即使参加也绝不闹得太晚。朋友们说我变乖了，听老婆话了，我点头称是，程序不允许我再让它有任何的负担。老婆不再让我做任何的家务，尤其是体力活，生怕我累生怕我哪里出现差错——我是一家之主机啊。

前段时间，单位小李从北京回来，又让我的程序给乱了一回。小李是单位第一个辞职去北京读研究生的年轻人。他还在单位那时，我的本职工作还不是严格意义上的办公室工作，每天工作量不大，闲时间较多，也就是说有足够的时间玩个人兴趣。看看书呀，写写画画呀，基本都在白天完成了。下班后就有些无聊。无聊就玩上了牌。常常就聚集几个工友打牌娱乐，带水的那种，玩着玩着就有了嗜好，有了刺激，就有了欲罢不能的感觉。坏了，程序又给乱码了。好的是小李及时辞职读书，使我们刹住了车。这一年里，总算是将程序渐渐调整了回来。今年暑假期间，他的"回归"，又让几个旧友"欲"火上身，在一起好好怀念了一番。这一怀念的结果，自然又将我这勉强修复好的程序弄成了一团糟。

许多时候，太多的道理人们都懂得，但他们和我一样都会出现暂时性遗忘或者选择性忘却，只看到眼前这短暂的娱乐和兴奋，叫什么来着，得过且过？今朝有酒今朝醉？想想也是，人生有太多太多不可捉摸的因素，谁也无法把握明天，于是就"把酒问青天，不知天上宫阙，今夕是何年"。可是，可是醉过之后，当我们发现我们还有许多的地方可以把握未来的时候，我们的程序又被自己肆意糟蹋了一番，于是只好再次自我调理和休整。

一个单位有单位的程序，一个国家有一个国家的程序，这些程序可以不断调整和进化，如同计算机本身一样。我是我家里绝对的主机，为了我家人的程序不被打乱，我是要变得更理智一些。正如一首歌里这样唱道："有多少爱可以重来？"如果有一天，我的程序彻底坏掉了，我还可以放声歌唱吗？禁不住一遍又一遍地反问自己：有多少爱可以胡来？

减 速

考虑很久后我终于做出一个决定：骑单车上班。

骑摩托车上班，我已超过了 10 年"工龄"，家里原本也有"四个轮子"，我从来都不曾碰过。原因是嫌弃轮子的价钱，贵点的又没钱买。于是，驾驶证也就懒得去升级，免得整天花心思在那上面。却说人类都在殚精竭虑加速，我却忽然做出减速行动。身边人不理解我突然的举动，纷纷抛来关爱和温暖：摩托车不见了？减肥？还有那些用复杂眼光打量着我的，似乎我乃天外来客。

开惯了摩托车，偶尔也坐过几次公交，曾经那么熟悉的道路就发生了许多视角上的变化。现在，我踩着单车走在我经过了无数次的同一条路上，身边的景色变了样子，身边的人也似乎变了样子。速度降下来的同时，我的思绪也活泛了许多。骑着车漫无边际地想着一些风马牛不相及的东西，甚至就想到三十年前我在乡下做学童的那些日子。

那时有个骑单车的干部同志，时不时经过学校，生怕我们听不到，老远就把那个铃子摇得叮当叮当响。望着他远去的背影，我的眼神里就不断充盈着羡慕嫉妒恨。一座又一座大山横亘在我面前，硬生生堵住我的视线，看不到一丝未来的缝隙。还挂着长年不断的两条绿鼻涕就上了中学，然后又稀里糊涂上了更高级的学校。单车的影子渐渐多了起来，紧张的高考过后终于逮住个机会，不仅摸到了真实的单车，还学会了骑单车，尽管摔得浑身是伤，走路一拐一瘸的。从那时起，买单车的愿望就开始萌生，且越来越强烈起来。

及至工作后真正实现愿望，才发现自己并没有当初想象中的那般激动和欣喜。在富得流油的南方，拥有一辆几百块钱的单车，悠悠然上下班再平常不过。在这里，我知道了什么才叫南方速度，什么才叫日新月异，什么才叫真正的小康。一栋栋高楼竞相拔地而起，一个个富翁不断破茧而出。摩托车充斥着大街小巷的同时，小车也在呈几何级式地增长，数量越来越多，速度越来越快。很快，我就被淹没在了速度的潮流之中。那几十年来厚积薄发出的隆重新鲜，肥皂泡一般刹那间破灭了。

我肩负着沉重的理想不断喘息着奔跑，不敢有丝毫懈怠。曾经那么向往城市，那么迫不及待地将自己扔进激流和旋涡，为的就是不断加快速度，用最短的时间完成最大的跨越。我用自己的才华和执着，楔进了城市的罅隙，尽管周身被磨损，尽管空间狭小，但我顽强地活了下来，一步一步接近自己不断修改不断校正的梦想，驾驶着两个轮子的摩托车自由穿梭在城市与乡村之间。看着身边有人仍拼命蹬着单车奔波在单位与住宿之间如旧时的我，浑身就有一种不断被刷新的感觉。即使偶有风吹雨淋日晒之烦恼，风驰电掣的速度也会让我迎风消解。

开始贪图享受，开始迷上电视，开始着三点一线式稳定安逸的生活。随着工资的不断攀升，我的体重不断增加。随着体重的不断上涨，我的血压血脂血糖不断上升。短短十年时间，我就拥有了名副其实的"三高"。由于长久疏于运动，特别是长期伏案工作，整天对着计算机，握着鼠标，保持着一个永久的姿势，诱发了颈椎和腰椎病痛。那种隐痛时隐时现，飘飘渺渺，当你认真对待起来时，似乎又没什么问题。

俗话说：人是苦苦虫，越苦越英雄。初中毕业落榜那年，为了哥哥的婚事全家人日夜不停地建房子，每天累得腰弓背驼，一觉醒来竟然又虎虎生风打得死老虎。那时也灰心过气馁过彷徨过，后来在父亲的支持下重返学校，才得以有幸一步一步走到今天。我成了许多人眼里羡慕的对象和追求的目标，他们并不知晓我内心的惶惑与不安。那些虚无缥缈的假象，成了人们竞相追求的动力。只有我自己才深深明了自己的内核。自己才是自己最真正的敌人。

许多和我有着相同经历和背景的人，虽然走着不同的道路，走着走着就走到了一起，走着走着就有了相同的话题，走着走着就有了相同的感慨。他们都会这样说，人生其实就好比一台车，磨合期就是人的少年时代，过了磨合期就迫不及待地加速，总想着将车轮跑得飞圆。是面子上得意，是年少的轻狂，也是成功的表征，更是未来的提前透支。生活就像一台车，演绎着相似的哲理。并不是所有的速度都是效率，并不是所有的速度都是成功，更不是所有的成功都要看速度……

就在我对速度深刻理解的同时，一个新的矛盾在我面前产生了。上班时，我可以提前半小时出发，可以准确到达单位，开始我的白天生活。这个生活绝对不能马虎，不可以应付了事，它决定着我夜晚的深度。我说过，任何一个人都是两面性的统一体。只有白天而没有夜晚，或者只有夜晚而没有白天，都不是一个完整的人。

为了一个完整的自己，我还得向夜晚的深度出发。与家人吃饭，看看电视，或者看书写作，上网聊天，是夜晚的我的一部分。文友聚会，乡亲聚会，参加一些重要或不是很重要的会议，接待一些圈子内的文化名人，等等，是我夜晚的另一部分。而所有这些，都与一个叫"速度"的名词紧紧相关。这边厢，我好不容易将速度降下来，却跟不上了那边厢的速度。

我落入了别人的窠臼之中，同时也再次落入了自己的窠臼之中。我是一个群体之中不可或缺的一部分。我说了一些违心的话语。我喝了一些本不该喝的酒。我正在一步一步丧失自己。或许我有所企图，或许我原本就喜欢这样的生活。或许，我在不断证明自己在这个社会中的位置。

最终的我，无法完全把握自己的速度，而走上一条变速曲线运动之路，走向不和谐的完整，走向飘渺和虚无。

聚 会

老大哥说，本来这个聚会还要提前一段时间的，考虑到一些非正常的因素，才拖到年前这个时候。老大哥是本次聚会的发起人，作协前主席。聚会这拨人多是十五年以上"工龄"的老友。

所谓聚会，简单点说就是聚集一会儿。我们从大江南北聚集到南粤。十五年仅仅一会儿。一辈子也只是稍多一会儿。平时这样的聚会更是一会儿。现在我们的聚会又不仅仅是一会儿。我们都是本土的"入侵者"。我们都是码字匠人。我们都是把感情埋在心底的人。

老大哥如今也算是有头有脸的人物。请的地点是他"地盘上"最高档的一家酒楼。贵宾房一号。吃的是高档菜，喝的更是高档酒。他自己掏的腰包。没有谁说一句过多的谢词。这样的聚会，放在老大哥做头儿那阵，也许感觉不出多少特别，现在却有点伤感。让我们产生这样的感慨，无非时光沧海桑田，他乡太多的不容易，还有许多只可意会不可言传的东西，一直传感到彼此心底。

十五年前，我们的老大哥还在一所中学教语文，我们院长还在一所理工学校教书，我们的靓仔还在酒店端盘子，我们的宣教骨干还在工厂流水线：我们都还在各自的小天地里搏杀——我们的天空里乌云密布，我们的生活还在画着单一的线条。

因为文学，我们在这里相遇；因为文学，我们在他乡结缘；因为文学，我们成为至交；因为文学，我们结伴同行。同样更是因为文学，我们找到了开启他乡生活的钥匙。叩开他乡门扉后的我们，就像越滚越大的雪球，走上了单兵作战到集团进军的渐进性历程。平时，我们坚守各自的本职岗位，恪尽职守。闲时，我们聚集在一起，谈文学，谈感受，海阔天空胡侃一气。

"现在吃饭不成问题了，问题是跟谁吃的问题。"做科长的小兄弟显然已经进入了本地上流社会圈子。老报人老大姐今晚虽然有点晚，在接女儿回家后也赶来了。近年加入我们圈子的"警花"和"警棍"夫妻俩，早早就主人一般守候在一号贵宾房，等待聚会的兄弟姐妹们。

坐上直径足足二米的大圆桌时，我们才发现每人面前都有两双筷子，黑白各一对。很显然黑色的筷子是用来夹菜的。曾在其他酒楼见过服务员用黑色的公筷，高档酒楼一般都有这种配置。围绕筷子的话题，我们开启了闹热聚会的闸门。

在这座小城里，我们也常常轮流做东在一些普通饭店聚会，一来交流思想碰撞火花，二来叙叙友谊。在什么地方吃什么菜式喝什么酒水都在其次。人说物以类聚人以群分，经常的聚集，就渐渐将这个城市里的文人分成了几个不同的圈子。有开小车来的，有骑摩托车来的，有打的来的，也有乘坐公交来的，更有踩单车来的。一到饭桌，这些工具便退居二线。喝酒的方式不管怎样变化，但平等的法则始终不会变。

我们从不搞圈子主义。都说文人相轻,圈子内只要一有这种苗头,立即便被掐灭。作为文人,我们一直奉行好作品主义,但我们绝不让人品低下的同类混进来。我们基本上都是讨得了文学好处的人。我们坚决鞭挞那些一旦讨得文学的便宜,便立即澄清身份的人。对于卑鄙龌龊之流,我们同仇敌忾。我们有自己的语言。我们更有自己的人生主张和信条。

聚,是聚集气场,聚集观点,聚集友谊,聚集信息。会,是汇集思想,汇集感情,汇集声音。有聚就有散,有散还有聚。在聚散之间,这座城市成全我们的同时,我们也成了回馈这座城市极富活力的创造者。

幺姑娘

"她是我幺姑娘。"每当不太熟悉的朋友问我，我都这样回答。总就有人锲而不舍地寻根问底，我得一次又一次地重复我不太愿意说的话。我知道，这是友好的表现方式之一。于是就老老实实回答。说她是我从儿童福利院领回来的。领回时才两岁多，现在快小学毕业了。这符合我的性格，永远藏不住秘密。

"她越长越像我了！"我常对妻说。"本身就是你的撒！"妻子一脸坏笑。我知道中了她的圈套。妻常会在我不经意时给我设下套套，就等我往里面钻。是的，没事时，我们很喜欢谈论从福利院领回的这个姑娘仔。

偶然得知我们外省人也可以在福利院领养孩子，只是要有比较严格的证明手续。和妻一说，简直就是一拍即合。立马就办好手续往那边跑，很顺利就将现在的越抱了回来。如今八年过去似乎弹指一挥间，许多趣事已成往事。说辛酸？谈不上。说幸福？太平淡了，就像我们平淡如水的生活。不细心留意没有感觉。或许越和我们的感觉一样。无论进门还是出门无论饥饿还是寒冷，她理所当然要喊爸爸妈妈，而我们理所当然也要承担做父母的责任和义务。这中间没有丝毫缝隙。谁也没有离开谁。谁也无法离开谁。当我们收工后回到家，到了放学回家的时间而越还没进门，我们就开始对着屋里的空气唠叨："怎么还没有回来呢？"只有当越按响门铃，然后叫一声"爸爸"或者"妈妈"，我们的心顿时填满了一种无法言说的东西。

妻问我这是什么东西在作怪？牵挂。瓜恋籽你懂吗？可是，明明这籽不出自瓜体。都说血浓于水，可越身上没有我们半点血液。这难道就是人们常说的博爱？可我们还达不到那种境界。妻常说她爱越胜过爱大姑娘爽彧。我知道这不是假话，平时一言一行看得出来。她不是经常说大姑娘是我的，么姑娘是她的吗？是啊，大姑娘跟我姓么姑娘跟妻姓。要知道这名字要从福利院改成我们私人产品，可得经过多少周折？何况还是寄养。院长终究被我的诚意感动，破例将这件事给办了。

我知道将来某一天，越肯定会知道自己的身份。只是迟早的问题。我们一直在人为延缓。院里举办各类亲子活动，我们只在她极小的时候参加过一两次。要修复一个残缺的圆，只能在其未成形之前。当一个圆完全成形，具有一定的抗干扰能力后，我们还有什么理由去担心呢？雏鹰羽翼丰满后终究要翱翔蓝天的。

我承认我们对彧的教育还算比较成功。彧是我们的大姑娘。她才七岁时，两岁的越就来到了我们这个完全陌生的家庭。原来还担心她们彼此的磨合，很快就发现我们的担忧完全显得多余。她俩在极短时间就成为屙屎都打得成粑粑的好朋友了。我们的爱传染到大姑娘，然后又很自然地接力棒一样延伸下去。

现在的城市家庭，独生子女较多，父母迫于生计压力都要早出晚归，几乎将所有精力全放在经营或工作上，特别是小本经营的个体户，孩子得到的父爱母爱少得可怜，从而造成孩子个性怪异，甚至出现畸形人格。可是我们的彧和越原本是两个半圆，现在已合成了一个满月。满月是美丽的。

世界原本二元。阴阳互生，双重组合，超越梦想，抵达彼岸。彧和越正是这样一对"逾越"组合，在我们这个充满无限期待和温馨的环境下，不断超越自己不断跨越我们。或许，众多的人都不明白，或者无法明白为什么我们那么轻易地就做出了他们很久也很难做出的决定，以及决定之后所带来的系列漫长白天和黑夜交融衍生出的系列感怀。

每个人定义这个世界的差异，从而带来了这个世界的生动，生动别人，也生动自己，更生动我们的人生。

晨 跑

去年冬天我开始晨跑了，因为身体出现了不小故障。如你所知，与大多数人一样我也喜欢睡早床，除非遇到大麻烦，否则我是无法坚持跑步的。我的晨跑能有今天的小成就，最要感激的当然是妻了。随着晨跑的不断深入，我得出了一个相当可怕的结论：有些病如颈椎病和腰椎病高血压等一旦找上你，那将是你一辈子的依附。生命结束那天，才是病魔寿终正寝的日子。

人活到一定份上，怕不怕死真不是主要问题了，关键在于身体的健康与否。去年年尾，岳父腰椎间盘突出复发，那些日子他坐不能坐睡不能睡，每天要吃许多止痛药才能稍微减轻一点身体的疼痛。有那么几天，岳父甚至想到用一种另类的方式结束自己，考虑到那样的结局会让后人直不起腰才作罢。我从侧面都已深深体会到了什么才叫生不如死。前些年我弟媳也是因为不堪病魔纠缠，最后用一根绳子结束了她三十多岁的生命。年轻时总以为那些"祝你身体健康万事如意"的说辞未免有些冠冕堂皇或者流于形式，事实上只有当身体真正出现问题时，才明白这样的祝福是多么实在啊——普天之下还有什么能与

"身体健康"和"万事如意"相比？

　　其实，几年前我身体就提出过抗议，每年的例行体检结果都有新变化。我得承认我是个责任心强，同时又是个极具江湖义气的男人。这种双重性格致使我在家人和社会的天平上，一直在寻求最佳平衡点。当然，我也得承认我是家里的顶梁柱，无论是物质的还是精神的。如果我倒下了，结局将不堪设想。我想用踩单车上下班的方式来锻炼身体，既环保节能，又能祛除病魔，说到底我还是在想熊掌和鱼兼得。这么多年来，我一直在做一件有利于本土文化的事，尽量广泛团结所有写作的兄弟，试图将一个团队带到一个新的制高点上。应酬自然是避免不了的，那部新买的单车也因此没过多久便被搁置在了车库。妻多次说我是家里的大熊猫，我当然明白她这话的意思就是要我尽量少抽烟少喝酒，心情更要放平和，我的身体状况直接决定了这个家庭的幸福指数。那时正好赶上学生放寒假，妻便将两个孩子拉在一起，置好闹钟，每天五点四十五准时起床，然后围绕小区外的主干道跑一个圈。一个月后，学生上学了，妻一边做早餐，一边辅导孩子功课，我就独自一人开始晨跑。

　　要说人自身最大的毛病，我觉得首先就是惰性。就说晨跑这事吧，每天时间一到，每隔五分钟闹钟就要催促一遍，直到我起床后去书房里将它取消。应该说到目前为止，我尚无一次主动起过床，每次都是妻一催促再催促，有时甚至将盖被折叠起来，这才一万个不情愿起身。她一声不吭径直走进厨房，开始准备早餐。而我这只大熊猫跑完步回来做上一定数量的仰卧起坐，然后开始冲凉洗漱，再接过妻递过来的双筷，享受着饭来张口的日子。妻有个头晕的老毛病，时不时就会发作一阵子。她立马去床上躺一阵,稍有缓解便又走进厨房。此情此景,作为一个有情有义的男人怎么会无动于衷?我会多跑上一段路程,真恨不得三两天就将身体恢复成原样。如今过去了两年多,有些好转,却并未达到理想样子的一半。不过,我从未灰心过——我身后有一双深情的双眸啊。

妻上夜班那段时间,几乎每天闹钟叫响那阵,她都会打电话回来问我起床没有。可有时候我真不想起来,特别是应酬很晚才回来,只想好好睡个懒觉,就任由那闹钟叫个够,完全将妻苦口婆心的嘱咐抛在了脑后。有时想来真是愧疚极了。人是有感情的动物,另一半那么贴心为自己付出为家庭着想,自己怎么就会无动于衷呢?于是,也就常在晨跑过程中不断拷问自己:你此生为这个家庭究竟都做了些什么?说实在话,妻为圆我的作家梦,为这个家庭,付出了太多啊。

前文说过妻一直就有头晕的毛病,特别身体劳累时,常常出现间歇性记忆短路,整个人一下子完全失去记忆,弄不好就会像截干柴一般轰然倒在地上。我不知道她的身体还能坚持到什么时候。她个人的理想,就是将两个孩子抚养成人,等她们考上一所较为理想的大学,她便完成了此生的任务和责任。她之所以如此关心我的身体,主要缘由也在于此。我还有什么理由不将晨跑坚持下去?

冬去春又来,转眼间我的晨跑持续了三年多。这三年时间,除了下雨或者出差在外,基本上没间断过。之前围绕孙文东路,转道长江路,再插入以前到濠头的老路,最后回到小区,算是一个圆圈。有时候也绕道中山路,再进入长江路,最后转入孙文东路回到小区,也是一个圆圈。当然,也曾从中山路往东折回头进入孙文东路回到小区。无论哪种方式，总里程相差仿佛，而且刚好是一个完整的圆圈。无数次慢跑过程中，我就悟出一个再简单不过的人生哲学——人类何尝不是在转一个又一个的圈？我们无论从哪里出发，最后终究都会回到原点。

最近，我试图找出一条新的晨跑线路，从孙文东路进入长江路，再原路返回小区，看似基本是两条直线重合，事实上将这两条直线扩展开来，还是逃不出一个圆圈的圈定。在我写下这些文字的这个冬天，晨跑时大地一片漆黑，只有通体透亮的路灯醒着。偶有车辆经过身边。即便在这条通往光明的大道上一直走下去，我也坚信最终一定会有终点。

而此时，只有四周那沉沉的夜色，那无边无际的沉沉的黑。

家在东区外

当初买房子，之所以选择濠头，原因有二，其一，濠头房子便宜，其二，靠近东区。东区与我做不成亲戚，但我主动跟她攀上了邻居关系，沾亲带故脸上有光嘛。

差不多二十年前，妻在东区嘉华电子城上班，我还在如今的西区沙朗管理区当时的沙朗镇开工，每天天不亮，妻就骑着辆破单车从城西往城东踩，而晚上多数时候又要加班，加班后还得在路上花费差不多一个小时，从城东往城西踩，踩得晕头转向云里雾里。日子虽苦，倒也还算踏实。后来，我新单位刚好在东区，便顺理成章在电子城旁边的小鳌溪村租了一间十多平方米的房子，房子逼仄紧挨着山边，不远处就是农户的养猪场，臭气扑鼻蚊子乱舞不说，常常深更半夜还要遭到名正言顺的户口盘查，使我们本就如履薄冰的日子，平添了一种胆战心惊。

那时的东区，正是中山热土中之热土。后来成为名路的兴中道南部还是一条黄泥路，每天许多泥头车载着满车黄泥在上面日夜蹒跚，一片热火朝天的场景。东区在我眼前不断呈现出一幅幅日新月异的画图，日渐展现出好看的容颜身姿。那段时间，我还做着回家梦。有朝一日，我要在来的那个地方竖起自己的坐标。有自己的房子，还有自己的产业，更有自己的文学梦。自从我们的大宝贝来到世间，且风一样成长花一样在我们眼前活蹦乱跳，我们就已经意识到她将会很快成为这座城市新的主人。在妻的坚持下，我们走按揭之路提前过上了"负翁"生活，将自己扎根在了东区边上的濠头。

濠头属于开发区管辖，却与东区近在咫尺。常有朋友听说我在濠头居住，就说那么远啊。我脚踏东区头枕濠头，走在哪里不是走在东区？况且我的工作和主要活动区域都在东区。我早已自觉不自觉将自己当作东区的主人了。房子和户口充其量只不过是一种人为限定而已，就像当初我从遥远山区来中山客居多年，早已成为新中山人了。我时常追寻中山的源头，不就是一部不断迁徙的历史吗？我并没有看重东区而小看濠头的意思。东区是个符号。我骨子里流淌的还是一个农民鲜红浓稠的血液，尽管白天我在东区城市里过着卑微的生活，夜晚却是属于独立的自己，一如我为自己设计的名片：专业普工，业余贵族。

家在东区外，我心却在东区，我的事业在东区。东区是这座城市的文化政治以及经济核心。我在这里赚取养家糊口微薄收入的同时，不断汲取着书本和文友们身上的精华，圆着自己的作家梦。一篇又一篇的文字见诸各种报刊，但我的通信地址不得不冠以"开发区某某小区"。每次去邮局领取稿费，都要排长龙，耗时不说，就连邮件都比城区慢好几天。后来某一天，我突然发现小区保安亭的后墙上标有"孙文东路××号"，这不将我纳入东区的道路上了吗？我终于可以对外宣布：我家就住在中山市东区孙文东路××号了。

　　于是，我在自己的 QQ 群上，无论是老乡群还是作家群，名字后括号中间必是东区或者城区。有时候我问自己：是不是这意味着我就有了某种程度上的优越感？或者说有一种虚荣心在作怪？随即，我又安慰自己：人往高处走嘛！这不，当人说我远的时候，我就会自豪地说：我上班从不堵车哩。博爱路多顺溜的路啊。那得意之情！

再登大尖山

老实说，在中山生活这么多年，真的还没有爬过多少次山，倒不是没有时间和机会，而是没有充足的理由。在大山里生活二十多年，就爬了二十多年的山。而且基本都是在缺乏油水保障的前提下不得不进行的攀爬，以至于落下如今看见山就犯头疼的后遗症。

中山也有山，但并不高，比如大尖山，路修得好好的，什么时候想上就上，重要节日还有警察来维持秩序哩。没有充足的理由，此生恐怕难以主动去登山了，而喜欢就更谈不上了。之前，我仅仅登过一次大尖山，那是一次文学圈子内的活动，这一次仍然是。

城里人通常都会说去五桂山登山，其实，山的名字叫大尖山。

一干人在五桂山黄老师家楼下聚齐之后就直奔目的地。队伍结构没多大变化，山上的风景更没多大变化，与上次略微不同的是，今次上山的路是上次下山的路。登山的主题除了健身外，还有一些与文学有关的话题，一举两得。当然，还有关于五桂山本身的话题。

这个时节，北方是一个层林尽染很有层次感的世界，南方只有一成不变的葱茏，五桂山亦是。原以为可体会到鸟鸣山更幽，孰知从山脚到山顶，一直没有这样的福气。据某位教授解释，植物种类的单一导致鸟类没有足够的食物，因而无法进驻。可是，资料显示五桂山景区内常绿植物多达 160 多种呀。后来得知，大尖山的植物种类并不多，眼前众多的桉树就是例证。至于为什么偏偏此处多桉树，就不得而知了。桉树虽然速生成材，但也导致水土贫瘠枯竭。擦一把身上冒出的汗，再饮一口手里的矿泉水。忽然瞥见山顶路边有几个人工挖掘储水的泥坑，里面还铺了一些胶纸，估计是准备接受大自然恩赐的，无奈最近一直艳阳普照，里面空空荡荡。看来距离阳光最近的地方，通常就是最缺水的地方，世间事还真有点拿捏不准。

五桂山相对于北方的名山大川而言，可谓籍籍无名，要高度没高度，也没有多少奇山怪石，更少有奇花异草，但在珠三角，五桂山又算得上矮子里面的将军了。文友吕飞说，中山如果没有五桂山，的确会少许多味道。"味道"一词用得有味道。稍稍熟悉中山历史的人都晓得，一代伟人孙中山就生长在五桂山脚下，近代思想大家郑观应同样出生在这座山脚下。还有许多近代史上的风云人物都诞生在这里。站在大尖山顶俯瞰中山城区，虽没有"荡胸生层云"的感觉，也足可"一览城市小"了。站在大尖山顶，看见的城市建筑就像抽屉格子般，怎么都像人走后要装进去的那些小小的匣子。

吴从垠写了篇《大尖山上叹浮生》，原文不记得多少，但那种感觉与我现在应该不会有太大差异，也难怪上帝经常对着我等凡夫俗子偷笑，觉得人类每时每刻都在做着许多可笑可悲之事。为什么上帝就那么清醒冷静？就因为那高度。高度决定影响力。贾平凹曾有这么一个说法：穿过云层皆阳光。要穿过云层，实非易事，但一旦突破了这个瓶颈，便找到了真理之所在。

人们登山首选大尖山，最直接的原因可能在于，站在山顶可以俯瞰到自己赖以生存的这座城市。

从大尖山顶返回途中，路两旁的树木被斩去了不少，杂草也被收拾得干干净净。就我看来，安全似乎有了保障，但始终觉得有大煞风景之嫌。当空烈日之下，荫庇也难以寻觅，这或多或少让登山人的心情要打一些折扣。听同行的当地政府官员说，因为牵涉到多个部门，所以有许多地方还衔接得不够紧密，同时一些想法也无法实施。同时，他还强调，你们再次来这些问题都会解决的。

"上山容易下山难"，这句古老的谚语，我这次登山返回途中，又有深刻的体会。在这座城市一晃就生活了二十年，与山渐行渐远，与哲学渐行渐远。原本是想在拥有一定的基础后，回到大山里再图谋发展。孰知进城容易出城难，一如上山容易下山难啊。现实中，与我境况相似之人，恐怕大有人在。人生本来就是一场虚无，大都无法下得山来。即便一些自认为超然于尘世之上的大师们，也无不与他人一样楔入红尘，最后无法自拔。

回到城里，我颇有些自豪地对身边人说我周末去登大尖山了。朋友乃地道中山人，他的回答竟然让我眼镜大跌：我从来没登过五桂山。朋友做记者多年，跑遍了中山的旮旯，唯独没去大尖山，的确有些遗憾和说不过去。不过来日方长，去登的机会多多，只是我们每个人都置身物欲红尘，有千万个脱不开身的理由，就像我，不是没有机会，就是别人不给机会。一旦机会来了，就有机会给身体补充一些给养。没有一劳永逸，只有不断充电，才能保持青春活力的焕发。

不喜欢蛇

在我的味觉世界里，关于蛇肉的味道一直是空白。总感觉到蛇泛着冷冷的光，无论什么时候，一想到它，就感到脊梁发冷，有种说不出的恐惧。

怕蛇究竟始于何时，我的记忆里一片模糊。小时候，虽然周围林子不是很密，经常还是有蛇出没其里。一不留神，就有条蛇"嗤"的一声从你面前溜过。那时，常去山里捡拾松毛或者干柴，我会特别留意林子里的响动，生怕一不小心就踩到蛇身上。哥哥知道我的软肋，就时常冷不丁一声："皮条子来哒！"吓得我浑身冷汗直冒。我们叫蛇为皮条子，倒也非常形象贴切。

那时候尽管怕皮条子，但我还敢毛起胆子瞄上一两眼。听说皮条子有许多种类，有青竹飙，有眼镜蛇，还有四脚蛇，等等。还听人说有一种蛇，见到人就从后面撵，一旦被追上咬过，过不了几分钟就会死人。最佳办法是赶快脱下鞋子，用脚趾尖挑起鞋子往空中一翘，那紧追不舍的家伙马上就会将身子直立起来，和你翘起的鞋子一比高低，如若输了，则会立马气死。第二种办法是尽快朝天屙尿与蛇比高低。

怕蛇之人遇到此种情形，恐怕魂都吓破胆了，哪里还敢和蛇比？

当然，这种说法并未得到证实，而我也并不希望得到证实。对于一种极其恐惧的东西，避之惟恐不及，哪还有更多的想法？我不到十岁那年，我家屋梁上爬来一条两米多长的蛇，黑黢黢的。父亲找来扁担之类的棍棍棒棒，要我们一起打死那条蛇。不是怕蛇咬我们，而是可以借此打一餐牙祭。我妈坚决反对父亲愚蠢的想法。说，蛇来到我们家的屋梁，就是神的化身，只可以轻声劝走。经妈这么一说，我们纷纷放下手中的家伙，和这个"先人"对话："走吧，走吧，走吧！"那蛇或许是看到了我们的阵势，"哧溜"一声，顺着屋梁溜走了。那段时间每晚睡觉，掀开铺盖都要小心翼翼，生怕揭开一堆盘在一起的皮条子来。总感觉那"先人"随时会在屋梁上梭来梭去，自此更加害怕起蛇来。

读书那阵，自然常识课本上介绍说蛇是有益动物，专吃农田里的害虫，但也吃青蛙。青蛙是有益动物。我一时搞不清究竟哪个才是庄稼真正的朋友。有趣的是，青蛙浑身也包裹着一层滑不溜秋的东西。益虫也好，害虫也罢，总之，看到这东西，浑身就是不舒服，身上起的疙瘩一点也不亚于青蛙。吃饭的时候有人讲蛇，就感到一条长长的蛇，从自己的喉咙顺着弯弯曲曲的肠子进入了自己的肚里，在里面翻江倒海。

读初中放假时，要跟父亲去山上割草，心里老是产生疑惑，担心青草里割出蛇来。有次还真就割出了一条青竹飘。雨后的清晨，青草格外的青。我一门心思地割。忽然从我的刀尖就蹦出一截蛇来，正好掉在我手上，只感觉格外冰冷。我条件反射般一甩，这才看清楚是一截被刀割断的青竹飙，还在地上挣扎跳动。我一个冷噤，就有密密麻麻的鸡痱子布满了全身，几乎瘫在了地上。

另一次是高中毕业不久后的事。我在同学家骑着自行车独自一人去镇上玩。那时正是炎热的八月天。一条蛇被过往的车辆碾死在公路上，一边一截，正好横在路中间。我踩着车正想着心思，忽然就看到眼皮子底下那条足茶杯粗的黑蛇，险些将我吓得从自行车上跌落下来。回程的时候，好在是斜坡而下，我闭着眼睛猛踩踏板，毛着胆子几乎是从蛇的正中飞了过去。

最令人毛骨悚然的是，有次有个认识的闲人，不知道从哪里弄来的一条蛇，绾在自己的颈上，边玩弄边在小镇上串来串去。从我身边过去的时候我看到了，差点被吓晕。很久都没有从那种恐惧中回醒过来。十多年后，这家伙不知怎么又在广东被我阴差阳错地遇上了。我伸出手正准备来一个礼节上的相握，忽然多年前的那幕幻化在我眼前，我立马缩回已经伸出去的右手。不知道真握上去后，我会不会很长一段时间不舒服。

有人说，广东人什么东西都吃。天上飞的只有飞机不吃，水里游的只有轮船不吃。许多来沿海的，经过一定时间的"熏陶"和"沉淀"，也变得和"老广"们一样无所不吃了。而我似乎是个例外，当然也仅限于吃蛇这件事。除此之外，什么猫肉老鼠肉啊，甚至和厕所里蛆一样的禾虫，也在别人的怂恿和鼓励声中吃过，我逐渐成为一个准广东人了。

以前有个朋友在本地一家蛇餐馆做经理，专做蛇生意，还研制出独门蛇酒向市场推销。由于我的工作比较体面，朋友常约我去给他充门面，陪一些老板吃饭喝酒。起初，他们不知道我怕蛇，不吃蛇，也不喝蛇酒，甚至和蛇煮在一起的东西我也不吃。当他们看到我的可怜时，就一个劲地说"对不起"，反弄得我很不好意思起来。

后来，我离开媒体单位，成为一家事业单位的普通一员。偶有老板请客吃饭，也多是蛇类的高级享受。他们不会在乎我是否吃蛇肉，也没有人来关心我的个人嗜好。我当然理解，也自然明白这里面所蕴含的社会哲理。看着身边的食客们个个狼吞虎咽非常满足的样子，就突发奇想：究竟是蛇这东西可怜，还是人类这些肉食动物可怜？也许，如果不是我的害怕，也会和他们一样，对这些爬行动物感兴趣，从而加入他们饕餮的行列。

我是个柔弱的男人，从没有动刀杀过鸡，看见屠夫杀猪也觉得残忍无比，虽然猪天生就是要被人类宰杀的。我天生就是个善良的人，即使明知电视剧里的情节是假，也要在适当的时候热泪盈眶，感动得一塌糊涂。我知道蛇肉的味道非比寻常，但我实在没有丝毫的勇气去品尝。也许是畏惧，让我远离了有蛇的餐桌。也许正是因为畏惧，才使我在害怕的表面掩盖下，有一颗善良的心。有人说我傻傻的，傻得可爱。也许是吧，但是，我心如止水，那么聪明又有何益呢？

尴尬青年

不知道和我年龄相差无几的人，是否和我有着同样的小小尴尬。一个年龄二十好几的女孩问我："孩子叫您伯伯还是爷爷呢？"如果放十年前人家叫我"叔"时，我就会像平凹老师幽他一默："拒绝我就明说嘛！"现在，即便想幽默一下，略显沉重的内心也让我无法幽默起来。四十颇有余五十尚不足，总觉得离爷爷这辈分还有点距离，这一声"爷爷"叫得人啊，忍不住就要喟叹时光飞逝。当然，如果时光倒流二十年，乡下这种例子几乎俯拾皆是。如果还憋在乡下，咱也就只有认命的份了。

我这人长得着急，不知是否与早熟有关。十八岁那年，就开始满脑子的忧国忧民，居然在语文课本扉页写：为振兴鄂西而读书。现在说出来都觉得丢人。年少轻狂估计就是这么得来的。燕雀安知鸿鹄之志哉，几乎就是我的口头禅。而二十五岁那年呢？自己一事无成，突然就觉得自己老了，空悲切。如今回头看这年龄，还是屁孩一个。乡下话叫黄瓜芫子才起脚。三十不到，好多人开始叫我老谭。叫谭老师的当然最多，我曾在讲台上混了两年嘛。我已懂得谦虚，姑且就叫混吧。

前段时间，当年教过的学生建了个微信群，拉我进去。一看，不得了啊。好多当年的小屁孩都混成了人样，好几个都副教授了。都说我当年影响了他们，开启了他们朦胧的心智。这个我信。我教英语，其实常将语文、历史、地理方面的东西顺便都给教了。回头一看，他们一个二个也将步入不惑之门槛。回头想想，不就二十多年吗？恍如昨天啊。时光太不给面子，眨个眼，就成了爷爷辈。可是，回头又想，现在的惯例都是四十五岁以下都叫青年嘛。据说人的平均寿命增加到将近八十岁了。四十多岁，年轻着呐。

真正年轻时，明明还嫩却自认为成熟，明显有水分。现在，真正成了这尴尬青年，却又不那么甘心，常常在回忆和回味中过日子。我想，我这个体的心境应该代表了相当部分的人群。

这尴尬其实一直都在我们成长的旅途中或明或暗地潜伏着，只是没当下如此清晰罢了。十年前就曾遭遇过一位比我年纪起码大五岁以上的人，问我快五十没有。还有一个年长我十岁以上的老者，问我什么时候退休。最搞笑的是那次从老家来中山，同行的年轻人问我是不是退休后来中山玩的，弄得表弟都哭笑不得："走眼也不至于这种节奏嘛！"其实，年龄对于我们男人而言，真不是什么大问题。生姜不是老的辣吗？男人四十不是一枝花吗？管他辣不辣花不花，自己最清楚自己。美貌、金钱、年龄，统统都是身外之物。谁都希望自己永远年轻，可谁都知道，时光永远不会停留在某个点上。该来的不请自来，该走的说走就走，你拽都拽不住，谁能逃得出魔法定律？

前不久微信上有一首《是××总会××的》广为流传，我觉得很能为这篇《尴尬青年》作注脚，特别是最后两个部分堪称经典：

二十年后的一天 / 我们终于又相会了 / 一起来参加班主任的葬礼 / 我们弓腰驼背 垂首肃立 / 互相不忍对视 // 金子已经变成了废铜 / 玫瑰已经变成了枯草 / 骏马已经变成了病驴 / 天才已经变成了蠢材 / 龙种险些沦为了乞丐 // 我们这些昔日的金子玫瑰骏马 / 天才龙种们 环尸而行 / 目视着我们的班主任 / 他紧闭着眼睛和嘴唇 / 在火化前又给我们上了 / 最后一课 // 是活人 总会死掉的。

你一定能看得懂这首诗歌。光看懂那可不行。这个时代，懂的人太多，真正明白的太少。所谓明白，说通俗点，就是有实际行动。满腹经纶，如果装在肚子里烂掉，一堆垃圾而已。讲道理比谁的声音都大，践行起来却比任何人都愚钝，即便天天遭遇尴尬，反倒享受其中，也是悲哀之事。

正视前方，看着脚下，走稳每一步，直到终点，不负青春，不枉人生。

老爸来中山

1994年初，来中山第二年的我，在沙朗承包了一单下水道工程，老爸从千里外的湖北乡下赶来帮我。那是他第一次来中山，凭借他五十多岁的年纪，在那个年代，足可轻松登顶"打工爷"之列。如今与当年老爸一般年纪的我，依然奔命于这片土地，每每想到老爸，反观自己，想到生命，反观人生，就唏嘘而不能自已。

那时的老爸身子骨尚算硬朗，挖下水道这样的苦力，比我们这些年轻人还要霸得蛮。当时老爸得知我在紧急召唤年轻帮手，不由分说就跟了过来。

时逢南方梅雨季节，刚刚太阳还在拼命烘烤，转眼又是大雨淋漓，再过一会儿又是艳阳高照。老爸挖的那段下水道，刚好砂石成分特重，扬得老高的洋镐，一锄挖下去便火星四射。短短两个月，老爸都换了几把锄头。那些日子里，老爸一直都是光着身子，肩上搭条毛巾，几乎每隔半个小时左右，被拧干的毛巾就再一次变得湿淋淋的。越往后面，工程越来越难啃，面对基本稳亏不赚的局面，我不仅要承受亲戚朋友的各种唠叨，还要承受来自老板方面的压力。这是我打工生涯首次遭遇到的困惑和茫然。

可以想见,那段时间的我,遭遇着怎样的身心煎熬。面对如此困境,老爸也显然无能为力,他唯一能做的是,只要继续开一天工,他就用榜样的力量激励着那班年轻人。他深知自己在关键时刻绝对不可以掉链子,哪怕面对的是一群晚辈。

此段工程失败后,我给老爸在坦背一家工地找了份支模板的活,木匠出身的他当然不在话下。十多块钱一天的点工,老板并不允许有多少偷闲,无非也就是抽空卷上他习惯了的叶子烟而已。随着那家工地完工,老爸实在顶不住二十四小时持续的高温,也就返回了老家。

那时,大哥和两个弟弟都已成家立业,家里环境依然不太好,没多久老爸又去了武汉一家啤酒厂下苦力,再然后又去到洪湖那边帮人看守鱼塘。那老板很是善待老爸,即便工资不高,他仍在那里待了很长时间。也正是那两年,老妈患上了肺癌且病倒在床,老爸这才回到老家没再出来。

老妈一走,老爸变得郁郁寡欢。按照此前的约定,老爸得跟着么弟。老妈在世时,与么弟家关系尚算过得去。老妈一走,矛盾不知不觉间就开始升级。为此,我多次建议让老爸单独过日子,缓和一下家庭关系。那时我在经济上宽松了不少,每个月也能拿出两三百块钱,再让老爸种点小菜之类,怎么也能将日子对付下去。哪知老爸对待几个小孙儿有所区别,导致关系更加恶化。时不时就接到老家打来的电话,我劝了这个又去劝那个,他们口里答应却从未见成效。

我和妻合计,还是先接老爸来这边小住一段时间吧,看看能不能缓和一下他们间的关系。再说,也不知何时买得起房子,如果真有那么一天，也不敢保证老爸还在。老妈走时才五十多点，苦了差不多一辈子，说走就走了。我们不想让老妈的悲剧在老爸身上重演。

那时，我在开发区租了间旧式民房，一家三口住着也算宽敞舒适。老爸接到电话，便立刻启程来中山。从老爸脸上的喜色可以看出，与我们在一起开心多了。可没住多久，他就开始挂念那几亩薄地了，后来又说几个孙子没人照看，再后来又埋怨老妈坟上长满了荒草没人打理，说得我心里慌慌的。

说实在的，也真不怪老爸，就连我后来买了房子定居下来，一直都未找到归属感。也就是老爸再次来中山那时，我通过按揭供楼拥有了自己的"一亩三分地"。

格外精神的老爸，每天天不亮就和早一年来中山与我们住在一起的岳父结伴出去，或步行或坐公交，将城区凡是好玩好看的地方几乎走了个遍。晚上，二老仍然像失散多年的朋友，有着说不完的话。老妈走后那些年，老爸找个说话的人都难。么弟长年在外做手艺，一年难得回家几天。为了不让老爸太寂寞，也曾让他去到百里外我岳父母家，几个老年人一起吃住。那些年，我和妻省吃俭用在岳父母家附近买土地建房子，岳父母也因此成了给我们看护房子的义工。

人老不由己，按乡下规矩，年迈的父母分给谁养老，就必须生养死葬。同样是儿子的我，似乎只能旁观着充当润滑剂的角色。就像这次老爸到中山住了差不多半年，终究还得回到么弟那里。乡村秩序和道德伦理都不允许我太过越俎代庖，我所能做的就是尽可能多给点零花钱，或是接他在身边小住。

在中山玩了半年的老爸，气色显然比他刚来时好多了，身体不再像之前那样瘦削。我们还想挽留老爸多玩些时日，他又想回去了。他说家里还有我的几个兄弟，尤其是那些侄儿男女，他放不下心来。他说的是我早逝的堂哥堂嫂留下的两个孩子，大的才十岁出头，小的刚读一年级。他还说责任地也要换种作物了，虽然在这里天天像做客，但始终要回到乡下去的。他深知，再舒适的城市也只是他儿子永久的驿站，累了困了倦了，他只能在这里短暂休养，然后还得上路，大山深处才是他最后的归宿。

老爸这次回去又是好几年，刚好那几年我也因各种琐事烦事缠身，一切都像按下了暂停键，共有四五年时间与老家断了来往。现在想来，完全就是在和那块土地上的人赌气怄气。老妈走后那几年，老爸不仅与三弟仇人一般，还和亲家成了仇人。都说清官难断家务事，何况我们相隔那么远。我不断给他们做思想工作，尽量想办法让老爸在一边过日子，远香近臭，少在一起就少产生摩擦。我唯一能做到的，依旧是那点可怜的钱了。别人以为我几个臭钱就想搞定一切，事实上我的日子并不比他们宽裕多少。为此，好长时间只要是家里来的电话，我一律不接。眼不见为净，耳不听不烦。

愈是与故乡划清界限，愈是摆不脱那片土地的纠缠。毕竟，那里还有生我养我的老爸，只要他还健在，我就没办法不想着他。我还想他多活十年二十年，我要在他身上弥补一下对老妈的亏欠。他要抽烟我就托人买了送去，他想喝酒我也托人给他买。逢年过节和他生日，我都会给他一些钱，哪怕他又拿这些钱去心疼他孙子们，还惹出这样那样的矛盾和摩擦，就让他去吧。他愿意干吗就干吗，只要他觉得开心就行。该说的都说了，该劝的也劝够了，剩下的全看他自己的修行了。

就在这种放养式的懒散和对抗中，老爸大半辈子积蓄的所有毛病集中爆发了出来。腰疼已久，血压不断升高，血管阻塞严重，还有各种不明不白的毛病，似乎预约了似的，一起对他发起总攻。好几次都住进了县城医院，整天得背着血压监测仪，稍有不慎便有死亡的危险。喝了一辈子酒，抽了一辈子烟，却完败给那张危险通知书。

2010年的一天，老爸突然一个电话打到我老婆那里，他婉转着表达想来中山看我们的意思。他知道那些年我们劝他所说的那些话，最后都不幸被言中。那时起，老爸就有点顾忌我们夫妻俩，尤其是我。

老爸甚至连身上那套早已不成样子的衣服都没换，就径直来到了中山。老婆见到老爸一身褴褛，躲在洗手间稀里哗啦哭了个够：老爸这是要让所有亲戚朋友说咱俩不孝顺老人家吗？她当然知道老爸没心计。她是看着老爸那样子心疼而落泪的呀！

老爸这次来是"辞路"的。土家人有种说法，老人临死前一般都会辞路，或叫竖路。意思是将这条路竖起来，从此不再行走。这是老爸走后，我慢慢回忆起前后的经过悟出来的。

那时的老爸走路已颤颤巍巍，若不借助手杖，根本就无法正常行走。一楼走到七楼，得歇几稍。倒茶水，杯子就在眼皮下，桌上总是漏洒一摊。这哪像个不到七十岁老人就有的狼狈？医生检查后说血压高达200多，随时都可能爆血管。可老爸分明就是在吃药的过程中血管爆裂的。

那天晚上不到十点，老爸从卧室里冲出来慌慌张张往洗手间跑，甚至连裤带都不知道怎么解了。我带着他解手后将他扶进卧室继续睡觉，直到次晨八点才想起要呼叫救护车。老爸这一进医院，就再也没能回来，一直到他两个多月后走进另一块土地。

　　那是老爸最后一次来中山，也是他人生中第一次全程走高速。唯一不同的，他是颤颤悠悠站着来的，却是躺着回程的。他在一千多公里的路上，时断时续地呼喊着一些人的名字。我相信即便是神志不清的他，记忆硬盘里一定有着最为着重的符号。这些符号的密码，只属于老爸一个人。

　　这一年，老爸 69 岁，如果他能活到今天，也仍然不够 80 岁。

第六辑

南方道场

南下先祖陈连升

一

读到初二上学期就退学的大哥，跟随么么去邻县鹤峰跑茶叶生意。说是跑，实际是当背脚子。十五岁的他，身背三十多斤挂面跟在么么屁股后面，得翻好几座山走两百里山路，去到鹤峰一个叫邬阳关的地方。那地方产茶，基本上不怎么产小麦、苞谷之类的主粮。即便有，也少，且收成孬，小麦面粉榨出来的面条黢黢黑，吃起来木渣块块。于是前山的建始人，尤其我们鲍坪一带的人，常背了面条，翻山越岭去到那里籴他们的茶叶，回来再卖成钱，去合作社买回一些日用品。

后来才知道，满山遍岭茶树的鹤峰，比我们这边的山还要大得多高得多。邬阳关有远房亲戚，方便落脚，未成年的大哥因此就有了机会走世外，给我们讲贺龙曾在邬阳关闹革命的故事。关于邬阳关，我所知道的，除了贺龙的大胡子大烟斗和两把菜刀外，就是那里山高路特陡，往往要走上十里八里才见得到一两户人家。

没过几年，鲍坪的环境逐渐好转，这种赚不到钱的苦力生意不再有人做。至于那家山长水远的远房亲戚，因再无行走之机而断了一切来往。从此，邬阳关在我人生的词典里渐行渐远，几近完全消散。

四十年后的某一天，在虎门海战博物馆里再一次见到"邬阳关"三个字，我的内心是震颤了一下的。那一刻的我，很自然就想到了大哥当年去邬阳关的情景。毋庸置疑，那是他距离陈连升将军故土最近的一次了。缘何当年大哥带回的故事里，居然毫无将军的丁点成分？一时就觉得多少有点遗憾，甚至觉得这中间说不定还存在着不足为外人道的某种隐情。幸而将军最后归于南国，与我这个来自同一个方向甚至同一块土地的人，在不同的历史阶段相同的空间里相遇，立刻就拉近了身份上的距离。

二十几年南方人生的历练告诉我，将军之于我，或者我之于将军，是同一坐标上两条不同的人生曲线。只不过我的实线还在暂行缓慢延伸，而将军则早已羽化为一条向历史天空纵深的虚线。那条看似模糊的虚线，实际上早已随着历史的演绎，逐渐幻化成我们面前一道不可逾越的标杆。

两百年前一身戎装的将军，在南国这个叫虎门的地方，践行了我们土家民族的精神节操。而两百年后那个以笔勾画蓝图处于同一坐标上的我，还在漫漫征途中攀爬迈进。我与将军共同的巴文化背景，就像那条奔流不息的夷水，沿着山势左弯右拐，一路曲折而来到珠江口岸。将军的名字连同他的气节，早已融进虎门炮台前的珠江水域，流进了浩渺伶仃洋，用另一种形式，滋养着一代又一代中国人的爱国之魂。

二

同许多人一样，我也是从教科书上认识陈连升将军的。那时的陈连升，是历史课本上短短几行文字，稍不留神便极有可能越过。许是中国近代史以鸦片战争为开端，而林则徐又太过耀眼，陈连升身上的光环稍显黯淡。但这位鸦片战争以来第一位为国捐躯的将军，无论如何，已成为历史长河中一个显眼的符号。

得知陈连升将军是我们湖北恩施土家人，是十多年前我开饭店那时。作为一个写作多年的外省人，总想着将更多的巴文化带到这个多元文化的珠三角腹地，与大香山文化融合，便查找恩施籍历史名人资料。颇有感触的是，我辈只有教科书上的那点可怜的历史知识，简直白痴一枚。在他乡的故纸堆里，一一检阅着这些同乡先贤，总感觉那么遥远，那么缥缈，内心却又充实而温暖。巴蔓子、吴国桢、陈连升、邓玉麟、段德昌……那一长串名字就幻化成文字背后的模糊镜像，根植在我干渴的心田上，愈来愈明晰。

我文化寻根意识最初的萌生和践行，应该就缘起于斯时。我那家小饭店，也因此被烙上了独有的土家文化印记，成为这座城市十余万恩施人从舌尖到心灵的慰藉。后来从武陵山腹地"鄢阳关"挣扎着走出来的恩施土家人，凭着他们的坚毅和果敢，以及火一般的热情拼搏，渐渐在这座伟人之城扎下根基，进而有了自己的商会组织。我主动担起了会刊《中山恩商》的主编工作。这本商业性质的杂志，除却探索民族经济发展轨迹外，还承担起打工文化的寻根之旅。在南国这块热土地上，只有真正追寻到巴人后裔的精神，方能烛照我们的灵魂，让前行的脚步更加厚实沉稳。直到我在虎门海战馆看见"邬阳关"三个字时，才恍然顿悟：那个叫陈连升的恩施老乡，才是我们土家民族南下的真正鼻祖，更是践行我们土家精神的先祖。

三

站在陈连升雕像前，我脑海里不断回旋着一个疑问：二十世纪九十年代的我们，尚且难以走出偏僻闭塞的"邬阳关"，鸦片战争前的陈连升又当如何才能走出？据我所知，那时从邬阳关到施南府（现在的恩施州府）全是山路，望得见的山头，走起来得大半天。即便直接从他后来寄居的施南府到宜昌，沿着官府驿道，没十天八天也难以抵达。到了宜昌才有公路，也才算彻底走出了大山走到了山外。在交通和信息极为闭塞落后的那个时代，要走出山外谈何容易？

有史为证。清朝雍正十三年改土归流，置施南府。辖恩施县、宣恩县、来凤县、咸丰县、利川县。乾隆元年（1736），夔州建始县划归施州，巴东县、鹤峰州属宜昌府。不难看出，两百年前的恩施绝对是个封闭偏远之地，就连朝廷也感到鞭长莫及懒于管理，直接放手给当地土司管辖了事。那时，从恩施到宜昌仅有一条施宜古道，全长三百多公里，靠双脚走出恩施、走出鹤峰邬阳关已属不易，要真正意义上地走出恩施，就更是件不容易的事情了。幼时习武的陈连升，只因走上从军之路，历经兵营的磨砺，用他的军事才能积淀起来的资历，一步一个脚印走出了深山老林的邬阳关，走出了武陵山腹地的恩施，且一路往南，一直走到了这个叫虎门的地方，最终成为一位彪炳千秋的民族英雄。

陈连升的英雄事迹固然可歌可泣，固然值得千秋景仰，可当我们一枝一叶还原那段历史细节时，总感到悲愤交加，甚至难以释怀。试想一下，满腔的爱国热血，却被当头一盆冷水淋下来，该是何等凉心？虎门销烟后的林则徐被贬，陈连升也接连遭遇多重障碍。当时的将军历经了多少痛苦的纠结和折磨？我们甚至难以想象。

还是让我们来还原一下当时的历史吧。

1839 年 11 月 4 日到 13 日，英舰向官涌山岗发动六次进攻。第一次，官涌营盘守军在陈连升和守备伍通标率领下截击偷袭的英兵，清军取得了完全胜利。英军为拔除官涌山岗的威胁，又不断前来骚扰。11 月 4 日夜，英兵舰数艘，第二次进攻官涌，陈连升带领的官涌营盘官兵利用居高临下有利形势，向英兵舰进行俯击。11 月 8 日，英兵舰第三次来袭击，把总刘明辉率众兵弁截击，击伤英军数十名。11 月 9 日，英兵舰第四次来攻，守军游击德连用大炮、抬炮一齐轰击，英兵舰被击中。第五次交战在 11 月 11 日晚，陈连升率领的中国水师先发制人，获得胜利。11 月 13 日下午，英兵舰第六次来犯，官涌营盘仍以五个山梁、五路大炮叠轰的方式对付来犯的英兵舰，使其不得不退出官涌洋面。

官涌之战的胜利，也直接让陈连升被提升为三江口协副将，并被调守虎门第一道防线的沙角炮台。

调守沙角炮台后的陈连升，深感责任重大。他在沙角做了认真布置，带领三江和惠州兵勇六百余人，埋藏下许多地雷，做好随时打击来犯敌人的准备。英兵舰不时开船到大角、沙角来刺探军情，都被陈连升率兵弁驱退。这时林则徐、邓廷桢已被革职，求和派琦善则一边谈判，一边将经过五六年大肆整顿的虎门设施撤除尽净，使陈连升在沙角退到无可防守的地步。

1841 年 1 月 7 日，英国军队利用琦善已撤防的有利时机派出大小战船二十余艘，突然向大角、沙角炮台发动猛攻。陈连升亲自坐镇炮台后卫，凭着丰富的战斗经验，使用杠炮及事先埋藏的地雷，炸伤爬山而上的英兵数百人。驻守靖远炮台的广东水师关天培，威远炮台的总兵李廷钰都只有数百兵力，进不能攻，退不能守，无法前往支援。陈连升率领六百余守岛官兵，使用着掺杂炭屑的劣质炮弹，与数倍于自己的英兵作殊死斗争，并用弓箭堵击来犯的英军，英军在箭雨下被击退数次。

英军从正面屡攻不上，偷越后山夹攻。清军虽腹背受敌仍毫不畏惧，陈连升率炮台守军六百多人浴血奋战，激战竟日，伤亡甚重，火药消耗殆尽，英军乘虚攻入。陈连升抽出腰刀，冲入敌阵，士兵亦随陈连升与敌军肉搏。肉搏中，陈连升不幸中弹，壮烈牺牲，时年六十六岁。

六十六岁，那可是头发花白胡子全白年近七旬的老将啊。这样的年纪，在如今早就安享晚年了，可我们的老将军还在驰骋沙场，一门心思为国杀敌，该是何等令人肃然起敬。

如果历史可以假设，官涌之战的胜利，无疑充当了屠宰陈连升的刽子手。如果陈连升从一开始就善于"察言观色"，也不至于将自己一步步送往最后的绝境，最终充当了"主和派"的炮灰。

被调守虎门第一道防线的沙角炮台，原本也是水到渠成顺理成章之事。但将军以六十多岁的老残之躯，全力以赴准备报效祖国，不仅得不到支持，相反还有不少求和派在拆他的台子。当时那个苟延残喘的局面，如若换作他人，也许早就顺着梯子下了楼，不仅保全了性命，还有后来享不尽的荣华富贵锦衣玉食。陈连升明知那是个死套子，却毫不犹豫往里钻，犟牛一般执意要用自己的玉碎，来力证土家人的血性和气节。

谙熟巴文化的大抵都会了解到，巴人虽尚武好斗，却始终义字当头。约公元前四世纪，巴国胸忍发生内乱，时巴国国力衰弱，国君受到叛乱势力胁迫，百姓被残害。巴国将军蔓子遂以许诺酬谢楚国三城为代价，借楚兵平息内乱。事平，楚使索城，蔓子认为国家不可分裂，身为人臣不能私下割城。但不履行承诺是为无信，割掉国土又为不忠，蔓子告曰："将吾头往谢之，城不可得也。"于是自刎，以授楚使。从那时起，巴蔓子将军，便成为巴民族之魂，享誉巴渝大地。

顺着巴蔓子的足迹一路探寻而来，我们不难发现，陈连升的民族气节和爱国精神，正好代表了中华民族优秀儿女的气质，也代表了土家人的秉性。而在陈连升之后的中国近代史上，一个又一个的土家儿女同样承袭了他血液里的基因，写下了恩施地区对国内反动统治和外来侵略者的光辉篇章。

辛亥革命时期，有邓玉麟等多个将领参加起义。大革命和土地革命时期，这里是湘鄂西、湘鄂川黔革命根据地的重要组成部分，数十万人跟着共产党闹革命，牺牲达一万多人，其中著名烈士就有五十多位，段德昌、王炳南、贺英等烈士的热血都曾洒在了这块土地上。贺龙在这里领导武装斗争长达六年之久，直至领导红二方面军踏上长征之路。抗日战争时期，南京、武汉失守后，恩施是湖北临时省会，也是第六战区指挥中心，曾有过鄂西大捷的战斗。恩施人民为抗日战争的胜利，付出了巨大的牺牲。

四

论及陈连升的气节，无论如何都得谈谈那匹跟随他南征北战的黄骠马。

据说陈连升将军英勇牺牲后，他的坐骑俯首尸旁，哀哀长嘶。英国侵略者将它掳至香港。不料这黄骠马同他的主人一样坚贞，不吃不喝，更不准敌人骑坐，近之则踢，骑之则摔，刀砍不惧，每日朝着虎门之沙角炮台方向嘶叫悲鸣不已，最后在香港绝食而死。每当听人说到"陈连升"三个字，就泪水涟涟；每当听到人说带它回陈家，它就乖乖地跟着走。英国人用金盘银盘盛食物喂它，它不食；只有中国人喂草才吃，而且必须恭敬地双手捧到它面前才吃。1842年5月，黄骠马因绝食而亡。

人有气节，马亦如是。马尚如此，况人乎？这种节气气韵的贯通，正如土家人的精神，一代代传承下来而生生不息。

在陈连升老家鹤峰县城，人们为了永久纪念这位为守卫祖国南大门而牺牲的将军，特意将当地一座桥命名为连升桥。在恩施的硒都广场上，也矗立着一尊陈连升的英雄雕像。而在广东，陈连升入祀"昭忠祠"，并收殓其部属的75具官兵遗骸，于白草山麓建起一座节兵义坟，作为永久纪念。

不仅如此，陈连升的那匹黄骠马也得到了与将军一样的礼遇。

陈连升殉国后，他的战马因绝食而死在香港。后人绘其形，颂其节，刻于石碑，让群众祭拜。甚至还有人为它立了一块"节马碑"。然而日军侵华时占领虎门，虎门寨的关忠节祠在战争中受到空袭，节马碑和宗祠都沦为一片废墟。直到抗日战争胜利后，人们才重新把节马碑的碎片从废墟中找出来，拼凑后放到了广州市博物馆。

然而，正如稻中有稗子，我辈从"邵阳关"而来十余万乡亲，也曾有极少数稗子充斥在这块土地上。游手好闲者有之，贪图享乐者有之，不劳而获者有之，他们面对眼前斑驳的繁华世界，将祖辈恪守的情操和气节丢于脑后，在灯红酒绿中逐渐迷失了自我，辨不清前进道路上的方向。

当他们回望身后的故土和巴人的杰出先祖时，会不会，也曾有过那么一点愧悔？我不得而知。我所知道的是，幸而在虎门这个近代史发轫的前沿之地，我们找到了一座航标，找到了一座灯塔，找到了一面旗帜。他，就是我们土家民族南下的先祖陈连升将军。将军用他慷慨悲歌的气节，完美地诠释了什么才叫真正的土家精神。而两百年后的我们，应该沿着他的足迹，在这个时代写下属于我们土家民族的新篇。

年在何处

这实在是个有趣的问题。

三十多年前，我还在乡下做学童时，对年是有着切身体会的。如果要问我一年之中最盼望的是什么，我肯定会与大多数孩子们一样脱口而出，是过年。只有过年，才能真正涵括我所渴盼的全部。新衣裳之类，自然会在我们扳着指头计算的日子里如约到来，即便父母一年到头从不曾换过一层薄衫。学校不仅放了寒假，使我们的野性得到极致发挥，而且在三百多天的左盼右顾中，虽然不能如期盼那般，有着或多或少遗憾，我们依然会在一阵短暂的郁闷之后，又旁若无人地疯起来。这段时间，父母对我们近乎最大限度的宽松，即使我们做了令他们大为光火的事情，落到屁股上的巴掌也多了温柔的成分，完全没了前时那些凶狠甚至恶毒的咒骂。毕竟要过年了啊，年头年尾最讲究好兆头，本就苦难深重，谁不期盼来年万事如意事事顺心呢？

于是，我们也就全没了顾忌，将寒假作业扔到一边，三个一群，五个一伙，玩得不亦乐乎。下雪时就堆雪人，你追我赶打雪仗。天放晴时，便拉了自制的板车，去屋后自修的"公路"上滑板车，将板车拉往山顶，然后坐上去，呼啸而下，尽情享受着只有我们才懂的乐趣……种种趣事，仿佛就发生在昨天。

及至后来稍微大，跟着父母在年关前的那段日子走亲戚，途中常遇人家正在杀年猪，或是推磨做豆腐，父母通常都会盈着笑脸："您儿们在忙年啊！"对方也同样充盈着喜色回答："年在您儿们那边啊！"我听起来很疑惑，便问父亲。他无法解释清楚，我自然也没弄明白，只觉得这一问一答里，充斥着一种只有父母们才能意会的意味。

后来，读书的我一直往返于学校和家庭间。在这种来来回回的循环拉锯中，我逐渐成长为那个穷山村里不多的秀才。我不仅会写点诗歌，还会吹拉弹唱，更能在过年时为自己，为左邻右舍写些春联，制造一种更深层次的过年氛围。也正是那些日子里，我逐渐理解了年的含义，我更进一步理解到"年在您儿们那边"的轻松语气里，所包含的种种辛酸和无奈。那种完全写在脸上、盈在眉间的欢笑，只是不期而来的年，让他们暂时将一年来的所有遭遇抛往身后，在年终那几天，就像巨大的岩浆集聚了所有能量，喷发出别样的激情。而短暂的激情过后，则是必然的冰点回落，那是小孩子甚至如我一般的成年人无法体会得到的。春节后渐进荒月，粮仓以最快的速度跌落到底线。我们的家人，我们的父亲，又开始为新的一年皱起了眉头。过年时那雷鸣轰天虚假繁荣的爆竹，一次又一次使我们本就孱弱的身体，随着播种季节的节拍而虚脱。

世易时移，光阴荏苒。城市这个巨大磁场，以它非凡的魔力吸引着我，在经历了二十多个年关极度幸福的高潮与回落之后，我终于从山旮旯里逃出来，楔进这个聚集了五湖四海与我差不多身世的外省人的城市。在经历一次又一次的沧桑境地后，也能摆脱贫穷的纠缠，过上旧时所渴盼的真正意义上的年。最初那几年，每到年关逼近，我们也会早早奔向各大商场，将购物单上的年货，大包小袋地拉到属于自己的一方天空里，且承袭旧时风俗，贴上自己创作、书写的春联，得意忘形地与他人一样，放上一挂又一挂鞭炮。门上那红红的倒贴的"福"字，映照连年的逼人喜气。整个城市春意盎然，与多年前的乡下形成巨大的反差。坐在团年的餐桌上，望着那些儿时不敢奢望的菜肴，咀嚼起来，却又总觉得在一年又一年逐渐散失它本来的味道。虽然我们都知道过上了真正意义上的年，而且在与那些乡下亲人的电话联系里，时不时显露出一种自我陶醉。其实，我们每个人心底都明白，自从我们在别人的城市里扎下了根基，就再也无法体会到贫穷之年的味道了。

一年三百六十五天，我们的味觉总是那么忙碌地承受着鸡鸭鱼肉各类海鲜的反复检验，早已失却了评判标准。年，就这样一次又一次地，隐藏在幸福的背后深深地忧伤。我也终于幡然醒悟：忙年，只是一个过程，就像一出戏，当它正式上演，便意味着结束，其中的过程便是年的真正含义。

而贫穷年代，正因为贫穷，则更凸现出年的味道。如今，三百六十五天，将年的过程具体到每一个日子，就像一杯醇酽的白酒，逐渐分解到越来越多的水里，及至最后变成白开水一般。

写下这段似乎是炫耀自得的文字时，我忽然想到了这个城市里许许多多与我当初一样的兄弟姐妹们。他们的年又在哪里呢？

磕不掉的土

父母随我们来南方居住整整十年了。

那些年的他们，一直在老家帮我们看管房子。我们夫妻俩在外打拼多年的最终目的，似乎就是为了建一幢房子，然后将父母牢牢拴住。拴住了父母，实际上就是拴住了我们自己。眼看着父母年龄越来越大，早年积攒下来的毛病，时不时就犯一次，我们远隔几千里，能做得到的也就是去个电话，说些不切实际的安慰话而已。终有一天，觉得不能任由这种情形继续演绎下去，便对父母说："我们挣的钱足够你俩生活了，就别再在地里忙进忙出了吧。万一有个什么病痛，种地那点钱都不够买药，还要搭上我们这么远无能为力的牵挂。"他们喂喂声答应，事后不仅没兑现承诺，还变本加厉多喂养了几头年猪。一到快过年，就通过长途客车，差不多将整头猪都带来了。

又省吃俭用了三四年，终于在别人的城市里有了一个居所。咬咬牙就将老家那幢用了近十年汗水才建起的房屋贱卖，将父母接到了身边。

新居地面全是泛着人影的地板砖，墙壁更是白得耀眼。灯饰有点像皇宫，将客厅和卧室点缀得气派堂皇。父亲穿着皮鞋，在上面试着来回走了几步，看看有没有划痕。我说："您尽管用力踩，不会有事的！"父亲这才放下心来。

或许是刚进入城市，极具新鲜感的父亲，暂时将故土所有的人事抛在了身后。他将一天大部分时间都交给了双脚，在这个城市间不停地丈量。他并不是想要楔入别人的城市。他知道再也回不去老家了。他也不是在真正地享受生活。他是在想深入这个城市的内部，关于泥土的细节。哪个地方有山有水，哪里又有新开的养鸡场，哪里还有养猪场，他都比早来这里十几年的儿子还要清晰。他乐意拿出来和我们分享，而我们很显然对这些毫无兴趣，就像刚燃起来的火焰，父亲的絮絮叨叨还处于萌芽状态，就被我们掐灭了。

城市里没有泥土，只有灰尘，只有钢筋和水泥的混合物。仅有的泥土全被埋在了水泥路下，还有的被一车一车送进了公园。铁笼子一样的居室犹如骨灰盒，一个个铺呈在错落有致的框架里。好在新居前后的阳台并没有落入城里人的窠臼，用不锈钢将自己禁锢起来，或多或少对父亲是一个宽慰。父亲就将我们过年买回又废弃的花盆收集起来，将那些可怜的泥土用手指抠出来，一个一个装满后，种上蔬菜瓜果，然后每天早晚浇水，从不间断。

对于一个一辈子惯于犁田打耙的父亲，并不满足三五个花盆的小打小闹。他决定在我所住的七楼顶，开辟一块属于自己的田地。这个决定来源于对面楼顶那家。原本几年前父亲就有过类似的动作，小区的物管及时制止了父亲的不合时宜。他以为自己楼顶就属于自己，其实只有室内有限的空间才是我们的。物管一来，他老实的样子，我们看着，心里都非常难受。

和父亲患有同样病症的老人，在小区几乎是遍地开花。当父亲发现对面空旷的楼顶，种菜的越来越多，直到最后几乎全被分割成了一畦畦一垄垄菜地时，他觉得动手的时候到了。那些薄薄的泥土，生长出一片绿油油的青菜，一点也不逊于乡下那些菜园子，父亲来劲了。从那时起，每天出去的父亲手里都带上胶袋，下午回家时提着一袋泥土。

父亲早年念过几年私塾，后来因故未能继续读书。走向社会后的父亲，一直坚持学习，即便现在七十好几了，仍然订阅《半月谈》等时政杂志，每天的《新闻联播》几乎是雷打不动地看。除此外，他几乎将所有注意力都放在了楼顶的"菜地"上。一些来城里讨生活的麻雀，经常趁父亲下楼吃饭的空当，就呼啦啦飞过来，和他抢夺劳动成果。父亲显然并不甘心麻雀们的不劳而获，就和在乡下时那样扎制稻草人，插上飘飘彩旗。反正早年在乡下种地的所有经验和招数，都被他运用到了极致。他当然知道我们有足够的小钱去买那些青菜。他不想自己太闲，人一闲就会生出好多毛病，包括想家。

没有农家肥，父亲就将喝完的茶叶以及剩下的烂菜叶和残汤残水收集起来，沤在土里。经过父亲的精心培育和打理，楼顶的韭菜辣椒折耳根芫荽等菜蔬长势不错，基本上能供应我们一家人大部分时候的需求。有时候，亲朋乡友聚会，父亲就高兴地在楼顶采摘一些，我们一边饮酒一边畅叙故里的风土人情。每每这个时候的父亲，脸上写满了笑意，幸福指数骤然提升。

父亲极力适应着这里的气候和生活，终究没有办法与那片生养他六十多年的土地撇开关系。刚开始那几年还好，越往后去，父亲的情绪越来越不稳定，好几次都为一些小小的不愉快，就吵闹着要回老家。最厉害那次，他甚至准备好了衣物行李，幸亏我们发现及时。我们这一代已经像一棵大树从遥远的山区移植到了别人的城市里，原本庇护我们的父母，因为年迈而不得不跟随我们，迁移到这个人生地不熟的环境里，在我们的树荫下度过他们的人世晚景。他们即便有千万个理由，也无法回到那个令人牵挂令人心酸的土地上了。

和泥土相依为命了一辈子的父亲，与泥土有着说不清道不明的纠缠，就像他脚上那双鞋子，生了根似的，无论多么炎热的夏天，从来就没有离开过他。每当父亲从外面回来进了洗手间出来，地板上就留下一些湿漉漉花瓣般的脚印，对此做后人的又不便说明，免得因此引发又要回家的战火。于是，我们只好采取迂回战术，买回一打拖鞋放在进门的鞋柜边上，借此提醒他回来换鞋。后来我才知道，自从父亲离开土地后，他的双脚就得了一种奇怪的病。特别是冬天，只要一沾上水，就会皲裂开来，极度疼痛。

后来，父亲常给我们说他会经常梦见那些早已过世的亲戚，愚钝的我们完全没能明白他是在说自己的后事。他不好意思和我们明说，就时不时给他的那些侄孙打电话，想在老家乡下给自己找个墓地。为了将父母接到南方，我们早已将老家的房子、土地和山林一并贱卖给了人家，彻底断了他们的后路。忽有一天父亲又说，他逝去多年的奶奶托梦给他，要他回乡下给奶奶整理一下坟墓上的杂草。直到这个时候我才完全明白，那是父亲在寻找他的根了。

那时我们都在上班，两个孩子尚小，需要父亲照顾，再说他那么大年纪，我们哪放心他一个人远走啊。最后老婆只得请假特地返了一趟老家，请人为我们双方近几年逝去的老人拢坟、祭奠，从而了却了父亲的一桩心愿。

看着我们是铁下心来要在南方生根发芽了，父亲也知道自己在世的日子并不会太多，也找不出更为合适的理由回到老家，最后只能老老实实将心思埋在肚子里，每天就在楼顶侍弄着他那些蔬菜瓜果。是我们硬生生将父亲从泥土里拉了出来，最后搁浅在城市的水泥和钢筋预制板里。乡人无比艳羡，在父亲这里却是苦楚悲凉，只是成全了作为儿子的我们的孝心和美德。

2010 年 5 月 16 日，龙斜口

祖　屋

　　梁实秋《雅舍小品》之《鸟》篇，有这样一段："只是清早遇到烟突冒烟的时候，一群麻雀挤在檐下的烟突旁边取暖，隔着窗纸有时还能看见伏在窗棂上的雀儿的映影。"烟突大约就是烟囱吧。这情景让我一下子想起远在几千里外的故乡，想起那里的祖屋，想起祖屋檐下的燕子和麻雀，想起冬天屋檐下那修长而瘦削的冰凌……

　　我曾经也是有祖屋的。自我记事起，就有两间可供我们一家人居住的泥墙石板屋。一边是泥巴墙，一边是木栅子。我至今都不甚清楚祖辈的渊源，父亲没说过，爷爷也没说过。父亲是上门女婿，外公自然要改口叫爷爷。像我这个年龄段的人，那时的家境大多格外窘迫。一日三餐都难以为继，谁还有心思去追问自己的来龙去脉？直至我渐渐长大，且在生活的砥砺中将四十多载岁月抛在身后，某天突然一个惊醒的回头，才发现爷爷辈和父辈相继作古，我不仅远离了故土，还在别人的城市里苟且。像我这样背景的外省人，在这座城市里太多太多。我们似乎都走着同一条与故土渐行渐远的道路。

　　所谓祖屋，就是祖上留下的老房子。而我们家老房子充其量也就几十年的历史。听爷爷讲，我们住的房子是父母结婚时建的。真正的老房子，则是我么么住的那两间又破又小的土墙屋，连转个身都不容易，大白天也是黑咕隆咚的。据说是爷爷那辈人从后山青龙河迁过来建成的。真正的祖屋，其实也不足百年，而且我还从未在里面住过。在我看来，祖屋就是我跟父母所居住的那两间土墙石板屋。盖的石板是从对门苏家坡石场开采而来。很小时，靠西面的木栅子还是亮架子，平时用一些打捆的枞树枝条排起来遮风挡雨，堂屋楼上也只是空寥寥的面着一些花楼板。晚上，一家人就挤在吊脚楼的厢房里，算是有个安歇的窝。

后来，我们渐渐长大，父亲不得不下狠心扩建房子。其时，我上初中不久，大我两岁的哥哥已辍学，两个弟弟也将近小学毕业，正是家大口阔，想建起几间房子着实不易。况且山上也没有几根像样的可供建房用的木材。我所住的地方叫麻岩包，一听这名，你就知道该地出产的除了麻岩还是麻岩。麻岩极硬不易炸开，且要在老房子边开山放炮，难度和危险之大可想而知。苞谷面饭和洋芋合渣滋养出我们浑身的气力。我们拼尽气力，也要建一栋属于自己的房子。

父母白天要出工，趁了难得的农闲和夜晚，一家人就满怀着对未来的憧憬，夜以继日地奋战。经历了种种困苦艰辛后，我们在堂屋旁边接了一间，并将堂屋和新建的楼上都填成了紧楼。这个六口之家算是有了三间稍微像样点的房子。此后，我们算是与父母的卧室分开了。尽管是土墙石板屋，尽管刮风下雨楼上会受些影响，我们却有种无法言说的自豪与满足。就连燕子们也主动示好，在檐下筑起了暖巢，叽叽喳喳好不热闹。

听老辈人讲，燕子筑巢蛮讲究。它们的到来，预示着这家人即时的发达或将来的富贵。燕子在家门口筑巢，一个家就有了生机，一个家更像一个完整的家。当然，还得有诸多元素的辅佐，譬如门前有吊脚楼和大树，大树最好是核桃树或者柿子树。屋后有竹林，林边有各式果树，旁边最好还有水井。这些都不是太大问题。唯独燕子筑巢，是你无法选择或者左右的。新屋建成，燕子像庆贺一般筑巢檐下，我们别提有多高兴。冬天，同样是冰凌钩，完整屋檐下的冰凌钩，似乎格外饱满而富有生机。于是，我少年的色彩也因此更为饱满而富有弹性。

有人说，幸福的童年可以治愈一生，不幸的童年就得用一生来治愈。同样，一个人下半生的整个想象力或者幸福感，几乎全部来自他的童年和少年时代。我整个躯体都在别人的城市里，唯独心思不在。古语言，乐不思蜀。我却是身在异乡思故土，说明现在的我并不快乐。有人说小时候我们没有钱，只有快乐。而现在的我们既没有钱也并不快乐。究其原因，我想与祖屋有着不少关系。我在这座城市里见到过许多和我有着相似境遇的长者，他们的后人都在海外过着优渥的生活，他们自己却跑回来，在祖屋里独居。多年前遇到这样的情景，我无法理解，或者说不太理解。现在我懂得他们是要落叶归根，是要寿终在自己的祖屋。纵使有些老人因各种原因无法回到祖屋安享晚年，也始终不肯卖掉。这些远在乡村的祖屋，一排一排沉默地立着，在等待着属于它们的归人。有些人终于归去了，有些人始终归不去。空寂的祖屋，成为乡村孤独的守望者。由于年久失修残损严重，或者归人迟迟不归，这些祖屋正在一步步变成历史和秘密。

这些年，岳父母跟着我来到这座南方的城市，一直过不惯这里的生活，总想着某一天还要回去。是我断了他们的后路，将老家所有的不动产全部贱卖了。当某天我回到老家祭奠父母转身那一刻，忽然意识到曾经的祖屋也已被弟弟贱卖给了他人。站在当年那么熟悉的屋檐下，同我说话的却不是至亲。当家的说："二哥回来哒？到家里喝杯茶！"我是要在自己家里做客吗？愣了短暂的一瞬，我随即回答："改天吧！"改天？这天会改到什么时候，我自己也不知道。

惶惑着，失落着，空荡着，我来到幺幺屋檐坎下。一如前文所言，我真正意义上的祖屋，便是幺幺曾经居住的那几间土墙屋。这几间土墙屋早已被推倒，在坎下几十丈远的地方重建了新居。幺幺也跟着我表弟打工去了。站在幺幺屋檐坎下，我又喊："小幺！小幺！"空寂的房子不理会我，不应答我。那无人回答的喊声，在我内心里激荡，在岁月里激荡。这流年，微微一震，便是多少个春秋。眼前的一切，早已物非人也非。我没在祖屋喝上一杯热茶，一瓢凉水，就回到了别人的城市。

二十多年来，家中变化也很大。我们四兄弟先后成家立业。老大在清江边做了上门女婿；老三将原来分给他的石墙厢房推倒，在他一步之遥的岳父家门口建了新屋；老幺先是不断在祖屋上推陈出新，直至最后还是贱卖给了别人，也在清江边上重建了新居。我们四兄弟，尽管性格各异，接受的教育也不同，却有一个非常默契的做法，那就是远离甚至不惜抛弃祖屋，寻找更为广阔的天地，作为此生的居所。

我与他们唯一的区别，是走得更远。他们从不曾走出清江的视线。也许就是距离决定着乡愁的同时，也决定着我们精神的最后归宿。我们不约而同地离开祖屋，抛弃祖屋，最后，我们又无比怀念祖屋。在这片广袤大地上，我们几兄弟，定居各处，只是定居，不是归宿。我们的归宿，永远在麻岩包的祖屋。而祖屋里，已经住着别人。在如今这个信息化时代，通信发达，为距离做了必要的缓冲。但要真正缓解乡愁，一如诗人乔木所言，就得在老房子里住上几天。现在，我去哪里住？哪里才是我真正意义上的老家。我可以随时回到那个地理意义上的故土，却没有一块真正安放自己灵魂的归宿。

我的心就像被掏空了的棉絮般软弱无力。而在当下，与我有着同样境遇的人何止千万啊。我在慨叹自己灵魂游荡的同时，也在为与我有着相似境遇的人而担忧：你们的祖屋还在吗？

语言变身记

好些年前，我们那里流传着一个故事。说张家来娃子去河南当了几年兵，退伍回来和他老爸去地里挖苕。儿子一口河南普通话问老父亲："红梗梗儿，绿叶叶儿，开白花儿，这是啥东西？"原本指望儿子当兵跳出农门能吃上皇粮，三年后不仅被打回原形，还带了口河南腔回来，就一挖锄把横扫过去："格老子的，丢人丢到苕都不认得哒！"一辈子日出而作日落而息的山里人，最反感出了几天远门就怪腔怪板屁股横摆，不是骂其忘本，就是骂其祖宗造孽。

2008 年 5 月，在沿海打工已然八年未回故土的我，再次回到老家，发现山区虽没像沿海翻天覆地地裂变，也在悄然发生变化。比如，说一口彩色普通话，已成为一种与时俱进的新时尚。

318 国道边的红岩小镇，是我归乡落脚首站。那天，前来接我的亲戚和他一个朋友，早早就等在了那里。钻出车门，那人就用普通话向我问好，紧接着亲戚也是一口彩色普通话，弄得我好不自在。原来其人在沪蓉高速公路红岩段指挥部工作，因工作关系，与在小镇政府供职的亲戚成了搭档。那里的施工队伍来自全国各地，如果讲恩施话，势必会造成交流上的障碍，亲戚很自觉就转换了语言。想想也是，位于武陵山腹地的恩施，自古就是蛮荒之地，318 国道未建成前到最近的宜昌，少则六七个小时，多则整天，冬天遇到大雪封山或者路面结冰，就更难说了。高速公路开通后，到宜昌只要两个多小时，不仅出山方便，进来也方便。这一进一出的活络，经济一下子就开始升温。

亲戚坦言，当年当兵也说了几年蹩脚普通话，毕竟是在部队。现在的环境却不一样，生活中毕竟熟人占多，很多时间不得不急遽转换自己的身份，因此也闹出过不少尴尬。时间一长，也就慢慢习惯起来。

在州城恩施拜访文友，晚上去足浴，虽说听到了更为标准的普通话，似乎总感到故土有点拒人千里之外的生分。那时候在广东要找到乡音和乡情，尚属奢侈。平时，那些老乡都在工厂上班，加班加点特多。整天面对各色人等都得说一口蹩脚普通话，刚开始别扭别扭，还有点新奇：语文课上学的普通话，算是有了用武之地。可时间一长，心里便开始像很久没见到过油荤那样心慌，到后来就感觉到油荤吃太多的那种堵。

某个长假期间，我们同县七八个老乡破天荒聚在一起，吃着花生喝着啤酒说着乡音好不痛快。偏偏出了个忘宗忘祖的先人板板，一口恩普（我们称恩施普通话为恩普）成为那次聚会最不和谐的因子。又不好意思明说，便转弯抹角地讽刺，你方唱罢我登台，最后对方实在是难以招架，灰溜溜而走。

多年未回过老家的我，很想"饕餮"一顿乡音大餐也就属于情理之中了。于是，我固执地用亲切的乡音，想将她们拉到我的轨道上来，她们却倔强着用普通话来回答我的一切疑问："近几年来州城变化大，随着投资的软硬环境不断改善，越来越多外地老板来山城投资。再加上沪蓉高速公路、万枝铁路的兴建，这些客人便成为主要消费群体。老板规定上班时须说普通话，否则，是要扣钱的。"

"跟谁过不去，也不会跟钱过不去。对吧，老板！"

与现实生活握手言和，并非完全的妥协。适当的让步或者等待，有时实则是一种进步。

1993年我从北京南下，在去港口镇的一座桥边问路。那位老大爷不停地摆头摆手，嘴里不知咕噜着什么样的鸟语。情急之下，我又在纸上写出来，他仍然不停地摆手不停地摇头，还是那些让我一头雾水的鸟语。我心想真是倒霉遇见鬼，八成遇到了哑巴加文盲。

那时初到南方，面对清一色"会粤语者优先"的招工启事，感到不理解，甚至一度对抗：为什么不是普通话，而非得是那些云里雾里的粤语？很长一段时间，我内心与这座城市格格不入。

碰巧的是1995年，当地电台第一个普通话节目开通了读者热线，处处碰壁的我，将满腹委屈和彷徨一股脑写给了主持人大姐。电波那头的她，不仅读出了我这封信，还特别在最后开导我：要融入他乡，首先得从语言开始——走向成功。

于是，买来收录机、磁带，甚至还有那种粤语、普通话对照的机械版本书籍，就像小时候学最简单的数数，开始从一到十，然后又从简单的对话开始。我的工作单位不用加班，每天晚上就干一件事：学广州话。我语言天赋不错，三个月下来，就可以和本地人沟通了。由于广州话比普通话多两个音调，咬字不准成了初期的硬伤，时不时就会遭到本地人善意的嘲笑。为此，我又买回《广州音字典》，每晚看电视台的粤语新闻节目，边看边跟着说，咬不准的音马上查找字典。如此坚持下来，我不仅会说粤语，还懂得粤语，一下就与本地人拉近了距离。我这个当年的"捞仔"，时不时还充当一下他们的粤语老师哩。

最近二十年来，普通话、粤语、恩施话三种语言，几乎每天都在我的生活中翻来覆去地演绎。它们相安无事，从不打架，不承想一回到恩施，便被彻底打回原形。

细想起来，如今的情形或许就是当年的翻版罢了。与生俱来的语言毕竟要顺口得多自然得多，眉飞色舞时，自然就懈怠了旁人的存在。刚开始尚无多大感觉，同样的后来，是越来越多的外省人形成的消费群体，一步一步改变了语言的结构状态。

只要去到菜市场、商场，人还在老远，"老板老板"的亲热声就传了过来。我一个劲摆手："打工仔呐！打工仔呐！"不管你纠正多少次，每次都会重复上述情景。便在心底对自己说："加油干！将来即便做不了老板，也得把文章写好！"一坚持就是这么多年过去了，发表作品百万字，出书好几本，获奖也不少。算是勉强对得起当年那声声刺耳的"老板"了。

像我们这样常年打拼在沿海的北方人，无论混得如何，心底总潜藏着一种乡愁情结。尽管他乡也有说家乡话的时候，那不过是掺了水的白酒，总觉不过瘾，不酣畅，以至于真正回到故土时，憋着一股子劲也要喊几句那种极具野性的"行话"来。

当然，我也不会忘记在最合适的时候，来点沿海城市里的"元素"，炫耀一下，满足心底那点可怜的虚荣。于是，足浴接近尾声时，我按了结账服务铃，对进门的服务生说："麻烦结一下账！"服务生在总台取回消费单，用收银夹将账单夹好，然后恭恭敬敬递了过来："先生，是您要埋单吗？"那一刻的我，非常 OK 地飙了一句广东话："广州话嘅埋单都埋到恩施啦！"

而在建始小城，我则遇到了另一种版本的李逵打架。去某酒店吃饭，楼面经理得知我是广东回来的客人，立马改口和我说起了粤语。原来经理早年曾在广州某大酒店做服务员，练就了一口流利的广州话。后来回到老家发展，凭着自己积累的打工经验以及自学管理方面的知识，在业界混得可谓风生水起，所经营的酒店自然胜出同行。这些年交通越发便捷，致使恩施的旅游热度持续升温，吸引了不少沿海地区的游客，特别是来自广东方面的客人，语言交流上的亲和力，使得他负责的这家酒楼，更是火热无比。

当今社会人口大迁徙的规模以及持久程度，可谓历史上绝无仅有。语言就是一个最抢眼的风向标，从最初的你弱我则强、我弱你则强，一步步演变为眼下的经济互动模式。就像我工作了二十几年的这座城市，如今的情形与当初相比又发生了戏剧性的变化。无论私下还是公开场合，粤语不再成为首要语言。前几年某个正式会议上，某位地产老板上台发言，刚一出口，会场上就爆发出一阵窃笑。原来，那位老板还是一口原汁原味的本地话，这在多年前是不敢想象的场面。其实，真正变化起来，充其量也就那么十年八年时间。而且，原来某些老土的本地话，也正在随着社会的不断发展变化，改变着其自身的结构。

两千多年前的岭南，还是片蛮荒之地，一次又一次自北而下的移民潮，逐渐改变了这里的人口结构和文化结构，最终形成如今的以广府文化、客家文化、潮汕文化、雷州文化为体系的广东文化。交流融合，新陈代谢，一边是腐朽没落，一边是涅槃新生，历史就这样焕发出青春的活力和璀璨的光彩。

语言是人与人沟通的第一道桥梁，它往往决定着一个人、一件事情最终的成功与否。而语言悄然的相互转变，完全折射出了当今社会思想观念和意识的自觉变化，同时，也说明改革已深入到了社会的每一个角落。社会的巨大变革，可以是由上到下轰轰烈烈的变革，也可以是自下而上悄无声息的变革。无论是哪一种，都是从事物的核心开始，由里及外，层层扩散，最终达到质变。

就像语言。

2008 年 7 月 30 日，一稿

2018 年 10 月 18 日，修订

摇摇晃晃的人生

一

2000 年时我说我在南方有座花园，你会觉得对面这个人是不是吹牛吹得有点过头了？接下来就到我说"但是"了。但是，拥有它的主人很多，而我只是众多主人中的一个而已。即便如此，我还是引来了不少人，当然是家乡人的感慨：想不到啊，真是想不到。

就连我这个亲历者和创造者都想不到，乡亲们想不到也是情理之中的事情了。那些年能在南方租上一间像样点的房子，身上都不知道要背着好多双羡慕的眼珠子，何况我那是亮堂堂的三房两厅。

这样的表述，你自然便知晓了，此花园乃我眼下甚至将来安放身体的一隅而已。这样表述，首先是基于对自身情况的特别了解。很多年前，能从外省来到这里，且能安顿好自己的身体，已属不易。这些年经历过一些风风雨雨，总的说来还算顺利。

我说我还有个读高中的小女孩是收养的，很多人都不太理解。这说来话长。

　　缘分同样无法与时代割裂开来。就在我们坚持现实观念时，与这个可爱的小姑娘结下了缘。谈不上觉悟多高，更谈不上思想境界多高。经济上不太为难的前提下，我们乐意接受这种缘分。于我们夫妻而言，付出的无非就是时间和精力而已。刚好那时我们还算年轻，何况一见面就喜欢上了这个才两岁的孩子。

　　十年时间一晃过去，现在，我们要供养两个孩子念书，显然有些捉襟见肘。这些年来，我们不仅要养两个孩子，双方的父母也花费不少。老人长期身体不好，老家的医保在这里又不管用，钱得掐着来用。现在，肩上的担子是轻松了些，心里却空荡无比。有时候想起来眼眶湿湿的，就是掉不下泪来。

　　像我们这种境况，你说还能搬迁到哪里去？好在我们对物质的感觉较为迟钝，一日三餐怎么将就都不为过。身体有个安放之地，比之父辈，我们就是掉进福坛子里了。况且，我还有一份在外人看来较为体面的工作，怎么对付这一生都不太成问题。倒是这颗心，总悬在空中，且随着年岁的递增某个东西时不时就捅我一下，疼痛扩散却不知具体部位。当年辗转打拼奔波，看似游荡的灵魂毫无落地之感，实则总有一种牵挂在远方，看得见又抓不着。而现在，躯体不再流浪，灵魂却总让我无法省心。

　　记得刚来广东头几年，我们一直都在为在老家拥有一幢属于自己的房子而做着种种努力。我一直告诫或者说鼓励自己，我仅仅就是路过广东，终究要回到属于自己的地方。那究竟是一块什么样的土地？我们的远走如此决绝不就是要彻底背叛泥土吗？可是，当我们在另一片土地上好不容易焐热自己，却又被现实的泥土绊倒。孩子要有更好的将来，唯有在更好的土壤里生长。

那年，我怀揣着积攒已久的两万元，图谋在故土站立起来，经过深度考察，发现那块土地其时并不适合，我们遂将这两万块钱变成了商品楼首期款。买楼那几天，妻踩着辆破单车兜转了一个星期，最终选择濠头这套每平米不到两千的商住楼。它的名字叫濠景小区。

二

其实，濠景花园就是濠景小区。买房的 2000 年前后，沿海已不时兴"小区"概念了。那时电台电视台报纸等媒体全方位地宣传，他们共同的目标就是将人们带进"花园"，成为他们的业主。而我付了首期款而成为业主的这个濠景小区，还在沿用"小区"。

正如你所熟知的广州又叫花城。广东四季如春，常年花开不败，无论走到哪，总走不出花的海洋。务实的广东人称居住之地为花园，再贴切不过。买房后那些年，花园似乎不再时髦。大家都住花园，岂不毫无档次之分？精明的开发商与时俱进引进了"豪园""豪庭"。再后来，花园的名字就越来越具有文化属性。随之有了较为个性化还沾点文气的名字，听涛居啊汇星台啊蓝波湾啊，等等。不管外面的世界怎么变化，我所住的小区依然还是濠景小区。我喜欢看书写作投稿，与外面联系较多，我自作主张将濠景小区写成了濠景花园，作为通联地址。

乡下人进城，换了身新行头，骨子里还是乡人血液。小区可以变成花园，却摆脱不了开发区的管辖。与城区尽管一步之遥，孩子读书还得在乡下。眼看着城里的孩子全都进了好学校，又相继考上了更好的学校。说实话，也曾有过些许后悔。当初占了房价上的便宜，反而失去了更多，说到底还是手头紧。略可安慰自己的一点是，人家问我在哪工作，我说城区，且孩子最终没太给我们丢脸，考上了一所排得上名号的大学。

人是一种难以琢磨的动物，往往顾及所谓的面子而不太考虑后果。我将濠景小区改为濠景花园，还在前面直接冠以中山市，我那贫民窟直接就升级为地级市花园了。那次北方来了个包裹，快递员打电话说正在花园楼下等我收取。折腾了半天才弄清楚，那人在西区，忽然想起西区那边是有个濠景花园的。邮件最后肯定是收到了，却辗转费了不少工夫。事后我想，估计正是因为西区有了濠景花园，如果再用"濠景"那就只能变身小区了，何况我那所谓的花园，就种了几棵树而已，叫小区才算实至名归。

没过多久，城区孙文路向东延伸，地处路边的濠景花园摇身一变成为这条路上的节点。原本属于开发区的濠景小区，也跟着变换身份为孙文东路 N 号。之前那些误会或者说曲折，似乎并未对我产生实质性影响。既然官方都确定了这条路上所属的某个号码，按照门牌号码找到我当属正常。哪知又出现了旧瓶装新酒的问题。邮局分拣时一看地址前半部分是孙文东路，理所当然就将邮件划归东区，邮递员在投递过程中，才发现我的门牌归属开发区管辖。邮件就这样被打回，再次辗转到开发区。如果开发区那边按照正常投递流程和速度，迟到几天是肯定的，那边往往得等信件积压到一定程度才会投递。

如今这时代，信件于我而言，迟到早到已无多大意义。无非订阅的杂志或是发表后的样刊而已。要说造成的麻烦，主要体现在稿费单。

到现在都还有北京一家杂志汇来的一笔稿酬，不知在哪个邮局睡觉或者打转转。那时我在北京某个杂志开有专栏，每个月有那么几百块钱稿酬。他们一般是一个季度发放一次，不是我不在乎这千多块钱。我有我最固执的想法，大不了退回去再汇过来。

不知道我这心境是否代表了当今大多数草根一族。我敢肯定，与我同样有着小小虚荣且固执得可爱的人不少。这个时代，较真的人太少了。较真绝不是火气重。较真的人往往会赢得道理，失去更多，因而随波逐流的，反而会得到更多。你说，明知道会失去，还一个劲往前冲，不成为烈士才怪！有人说，低头意味着成熟。低头无非就是得到更多而已。

三

买房子哪里做得了甩手掌柜。贾平凹说，想一天不安然，就来客人。想十年不安然就建房子。想一辈子都不安然就找情人。其实，买房子同样不那么安然。

有人说，割肉是一刀一刀割才疼。房地产商却不这么认为。像我这种打工一族，原本就没有几两肉，哪里够本挨得了一刀？地产商精明得很，你边长肉他边割，最高期限可被割三十年之久。三十年是什么概念？从二十几岁走上工作岗位，差不多到退休，你都得驮着这个外壳负重前行。回头又一想，租房每月差不多上千，几十年之后即便空壳也有一套自己名下的房子，大抵也可算得上没白来这个世间一趟。

没个安定的窝内心不会真正踏实，这大抵算得上是国人共有的心病。分期付款是要单位开能力证明的。硬着头皮找单位盖章，这证件那证明一大堆，七弯八拐总算拿回了一张盖了很多章的房契。心想着，后半生就卖给了房子，从此生是别人城市里的人死也是别人城市里的鬼了。

两万来块钱就能买房子，这在许多人看来多少都有些不靠谱。我说这话时，并未特别说明我东挪西扯还借了八万块钱。这么多钱之于现在的我，依然不是个小数目。买个毛坯房当然无法住进去，即便简单装修，也还要好几万。在这边打工的亲戚朋友不少，很多都是我带出来的，你三千，他五千，大帮小凑算是筹齐了装修费用。

侄子送我一套沙发，表弟送我一套餐桌椅，再从市场买回杂木电视柜，将原来出租屋里的十七寸彩电放上去，外加一大堆书，和一堆坛坛罐罐杂七杂八的生活用品。就算是我们在别人的城市里正式有了自己的窝。

有房子就说明你在城市里定居了，你就是城里人了。老家的父母亲戚朋友脸上有了光，乡人也给你竖大拇指。你走在老家任何一条路上，别人甚至只要知道你的名头就会主动与你搭讪，还会说一大通赞美诗般的话语。他们当然不知道你是实实在在的"负翁"，背着"负翁"还得整一场像样点的酒席。人一生中像这样的喜事又能有几回？

曲终人也散。拖着疲惫的身躯和一身酒气回到新居，将自己重重往沙发上一扔，迷蒙的双眼四处流转。洁白而耀眼的墙壁，悠悠放光的地板砖，豪华的欧式灯，将我全身激活，思绪禁不住开始浪迹天涯。那两套豪华欧式灯，是当年一起在文学战壕里摸爬滚打的兄弟送来的。他的成功转型，让我这个坚守文字梦想的人既感到骄傲，又倍感前进道路的崎岖与艰难。所幸物质的丰沛与否，实在对我不构成多大的诱感。当然，也曾萌发过甚至践行过经商路，最终发现自己不是那块料而及时收手。

新鲜劲很快就会随着平凡日子的流逝慢慢耗尽。接下来面对的就只剩下每个月的供楼款了。

供楼首先得从贷款的最长期限开始。再详细点说，首先还的贷款必然是利息最多的第十年，以此类推慢慢递减。虽说每个月也就千多块钱，这在 2000 年那时并不是个太小的数目。按照当时的工资水准，应付过去也还不成多大问题。小孩六岁上学已开始实行九年义务教育，基本上只要对付生活费和其他兴趣班的费用。隔三岔五尚能呼朋引伴小聚，甚至去酒吧泡上几个小时，耗掉青春阶段那些多余的能量。

这种看似步入正常轨道的城市生活，正在流水一般的时光中将我的青春一点一点消解。

四

濠景花园是个不到两百户人家的小区。我是小孩上一年级或者二年级才发现这个有趣现象的。居住在这里的人大致都在一个年龄段，也就是说像我这种年龄的，且绝大部分是外省人。在这座城市里工作了七八年，手头有点小积蓄，孩子正需要一个念书的学位，然后一咬牙便过上了所谓的城市生活。与其每个月交那么多房租，还真不如买房。虽说每个月都在供，住在自己名下的房子里，就有一种比较奇妙而细微的自豪感和满足感。

人真是一种奇特的高级动物。在乡下过日子时大家彼此频繁往来，亲密无间，如果谁不懂得人情世故孤家寡人，那是要被人戳脊梁的。

而他们一旦进入城市生活，一下子就变得与城里人一样老死不相往来。就我所入住的这幢，一梯两户共十四户人家，至今有几个楼层的还未打过照面，就更别说打交道了。那时，岳父跟着我们过日子，整天没什么事做，倒是将整个楼层的基本情况摸得非常清楚。哪家是做老师的，哪家是做警察的，哪家男人死了，女人经常带不同的男人回家，他都了如指掌。为此，妻还曾转弯抹角说过他爸，别管那些淡咸事。直到老人家过世我忽然间明白过来：我们整天都在忙自己所谓的事业，很少时间陪伴老人。老人虽说住进了城市，思维方式依然没有多大改变。与人沟通依然是地道的家乡话，遇到沿海地区的，有时候对方怎么也整不明白。老爷子就试图转换成蹩脚普通话，明明只要稍微再转点弯就达到效果了，就是转不过来。我们心里都跟着干急——这是哪门子语言嘛。

最难接受的是老爷子从外面回来从不换拖鞋。天晴当然问题并不怎么明显，如果从洗手间出来，地板砖上准是一行清晰的带有颜色的脚印。下雨天就更麻烦。我们就将地拖放在洗手间门口，看不顺眼了就立马拖一下，也想借此提醒一下。偏偏老爷子熟视无睹，话又不能说太明白。上了年纪的老人小心思特多，得罪了还不晓得。

老爷子和我们一样都是起早床的人，几乎每天五点多雷打不动起床。然后开始在后面的阳台上洗衣服。老爷子说话嗓门大，好几次话到嘴边硬是给吞了回去。有过之前的教训，我们不敢轻易说老人的不是，免得他又吵闹着要回老家。想当初，费了很大周折才将在老家新建的房子贱卖，将两个老人接到身边，为的就是照顾方便。那天清早，晨跑回来的我还在楼梯间二楼，就听到七楼阳台老爷子的声音，用我们乡下的话说，就是大声夸气。他正在为一件事情同他女儿沟通。清晨的小区格外安静，我再也忍不住了，我要告诉老人，这里是城市，公共空间是大家的，不像咱山区，天吼垮了也没几个人听得到。或许是我也憋太久了，那天的语气可能有点偏重，结果彻底得罪了老人家。估计临走前他都未能想通，一直对自己百依百顺的女婿，怎么说变就变了？在他离开我们几年后的今天，我也一直问心有愧。如果我再轻言细语点，或许老人家就不会那么生气。不生气就会心里顺畅。心里顺畅或许就能再活几年。我是计划老爷子八十寿诞给他好好贺一番的。

现在回想起当初将老人们硬生生从柔软的泥土挪到硬邦邦的城市，除却图照顾方便之外，也为了享受城市的医疗水平。就拿老爷子早年落下的腰椎间盘突出来说吧，我这里离医院近，有个三长两短也好随时送医。事实的最终结局呢？老爷子是多活了几年，但他心里真那么舒坦吗？心里不舒坦多活几年又有何用？如果我们有更多的钱，也不至于让他忍受那么久的腰椎疼痛，每月只能挤出几百块钱给他做医药费，勉强缓解那旷日持久的揪心的疼痛。再说，面对突如其来的心肌梗死，我们还是无能为力，只能眼睁睁看着他撒手而去。

老爷子跟着我们在城市居住的十几年时间，真正能与我们说上话的时间甚少。每天清早，老婆起床做早餐，我们夫妻俩在极短时间里吃完早餐，就得匆忙赶着上班。中午我们都在各自单位用餐。而晚上很多时候我都在外面应酬，待我回到家，老爷子大都睡觉了。偶有早归，我们也说不上几句话。我和老爷子唯一可交流的就是央视三台。

日子当然得分成一天一天对付。老爷子每天吃完早餐就到处找砖头，整块的，半截的，用尼龙胶带绑起来，今天一点，明天一点，慢慢积攒围成楼顶的几大箱菜畦。从一楼到楼顶，整整八层。那么多的砖头，那么多的泥土，都是老爷子一手一脚从几公里外的地方弄回来的。南方天气热，楼顶种的菜，特别是瓜果之类，每天要浇好几次水。起初，老爷子就将洗碗洗菜的残汤剩水用胶桶装起来，往楼顶提。随着后来楼顶菜地面积不断扩大，他又收集大小不一的坛坛罐罐放在楼顶收集雨水。后来，老爷子的腰椎间盘突出越来越严重，以至于空手上楼都不太方便了，我们这才将七楼的自来水管牵引到楼顶。

五

刚入住濠景小区三两年时间，小区里许多家的孩子就开始要跨进学堂门槛读书了。

那时，小区最热闹的时段当属周末夜晚。平时都有家庭作业，孩子们几乎都被关在家里。到了周末，他们就像脱缰野马，预约了似的集中在小区楼下，你追我赶，各种游戏玩得带劲。小孩一旦玩疯便不知道回家的方向了。大概九点来钟十点不到，总会听到各种地方的口音在小区上空回旋。那定是在呼唤不肯回家睡觉的孩子了。每每此时，仿佛就最真实地触摸到了这人间烟火的温度。

女儿自然也是这群孩子们中间的一员，而且还成了他们的首领。这与女儿天生的侠女性格有关，也难怪后来她居然就偏偏放弃音乐而喜欢上了跆拳道，并在这条路上小有所成。但是，最终，她却又神奇地走回了音乐这条道路。

那年中考，考数学那天，她心跳加速，不得不去医院治疗，从而严重影响到当天两门课程的考试，最终距离重点高中还差几十分——

不出意外地进入一所普通高中，如果正常发展不出意外，估计上一般本科都难。为了确保孩子将来能接受到更优质的高等教育，我们选择了报考艺术特长班。女儿似乎继承了我的音乐细胞，经过音乐老师的试音鉴定后，我们总算吐了一口气。想当初，女儿很小时，我们就为她买回电子琴之类的乐器，想她能够在音乐方面有所发展。后来女儿偏偏喜欢上了跆拳道，并从小学四年级开始一直坚持到初中毕业。转了个大圈，最终还是回到了最初的道路上，不能不说造化弄人。当然，虽说现在的她正在念音乐教育这个专业，以后究竟走什么样的道路，仍属未知。

女儿小学同学瑾茹，当初学习成绩还算不错，后来随着年龄越来越大而越来越叛逆。父母想尽一切办法，终归毫无效果。为管住孩子，父母甚至将其送到老家江西一封闭式学校读书，最终还是徒劳。几年前女儿曾在一辆公交车上偶遇她当年这个小学同学，听说她正在城区一家服装店卖服装。

很多年前刚住进小区那会儿，那些孩子还是一群屁颠屁颠的娃儿，眨下眼，他们有的在读大学，有的即将上大学，最小的也都要进入高中了。曾经将人生看得那么漫长，似乎没怎么整明白就糊里糊涂过完了大半辈子。小学那阵子，爷爷曾在我笔记本上写下：记得少年骑竹马，转眼就是白头翁。如今想来，爷爷辈过着那种艰难的日子都在感慨岁月如流水，而今蜜一般的生活，岂不更是日月如梭？

有时候一个人在楼顶看看四周的风景，或是某个东西在心里撞击了一下，是免不了要回忆和总结前半生的。古人说，四十而不惑五十知天命。某次在某大学充电，教授是这样总结人生的。他说，二十岁谈理想，三十岁谈事业，四十岁谈成就，五十岁谈经验，六十岁谈感想。可以说基本上勾勒出了我们此生的人生轨迹，一般情况下不会出其左右。

六

曾写过一篇《家在东区外》，表达过自己在城区和乡下之间小心翼翼周旋的复杂心理。我所居住的花园，在身份上属于开发区的濠头管理区。在实际地理位置上则又几乎与城区是个整体。老辈人说，人穷心事多。说自己在城区工作吧，又住在乡下，二十几年了还骑着摩托车上下班。很多朋友都说不合我身份，劝我早点买台车，还说上下班方便，应酬有面子。你知道我怎么说？濠头到单位不到十公里，摩托车只要十几分钟，走博爱路顺溜哩。应酬？不是有专车接送到楼下吗？谁何曾有过如此待遇？在别人的城市里混迹了十来二十年，的确也做了不少事，贡献了不少力量。我头顶也因此有了一圈圈比较耀眼的光环。

说到底，还是缺钱这个根本问题。选择文学事业作为自己毕生追求，当然也就意味着要舍弃很多。说文人追求的是境界啊。多好的台阶。说句实在话，钱这东西谁不爱？只是我见惯太多人间生死，比多数人淡泊而已。舍弃精神层面去刻意追求物质，到目前还没养成这习惯。将来估计也没多大可能性。就拿我住的这房子来说吧，同一幢楼好几家都换了新房，我却还在建设楼顶的空中花园，一点也没有移动的迹象。我常安慰自己，文人嘛，首先要静得下来，才有成点小气候的可能。我也想移动，那只是身体上的。每每有机会，我总会到处走走，开阔一下视野，呼吸一下外面的空气。回过头来，又开始在自己的田地里耕耘。

我是一个彻头彻尾的乡下人，当初怀着一腔热血为追寻自己的理想一头撞进了城市的大门。二十多年异乡生活与遭遇，也曾有过短暂的茫然和徘徊，也曾差点就倒在了生活的脚下。就像刚刚住进濠景小区那时，有点迫不及待洗刷从乡下带进城市的泥土，甚至一度有点飘飘然。而现在，当自己的标签快要擦洗干净的时候，我却接过了岳父传承给我的衣钵，守着楼顶那倾注了他太多心血的一方薄薄的土地。

以前哪里想过要在别人的城市里落地生根，又哪敢想能在一个完全陌生的地方开花结果。世事也只有在这个变化得你都惊讶的时代，才真正称得上世事如棋。试想一下，我们上一代要跨出一个小小地域的门槛都何其之难，何谈数千里之外完全异样的南方。即便冲出了人为设置的某种藩篱，又岂敢奢求进一步的非分之想。事实上我做到了。我身边很多人都做到了。

我可以非常自豪地对人说，我站在了属于自己的土地上，尽管它的下面还有钢筋和水泥的混合物，我已不再在乎脚下摇晃的地球，以及地球上摇摇晃晃的人生。

柔水里的宗祠

对宗祠或多或少有点了解，最早来自教科书上梁衡的《晋祠》，那时尚处于混沌未开的我，对宗祠根本就不曾有过直观感觉。二十世纪七八十年代的武陵山腹地，是很难见得到祠堂身影的。居住得无序分散，使得人们各自占山为王。生活的艰辛，又使得人们力不从心。宗祠于他们而言，无异于理想彼岸的乌托邦。

人说北方多庙宇，南方多祠堂。介于北方与南方接合部的武陵山区，既无多少庙宇，也没什么祠堂。初来南方如我者，不信天不信地，最信便是自己。悟性高者亦能在这块土地上绽放，反之，则成为人中败类。所幸吾辈悟性高者甚众，终能在南方信仰感召下，迅速与海洋文化融为一体。

眼前的实际情形则是，南方不仅多宗祠、家庙，更有众多神仙庙。往往一个村落供奉同一祖先，比如万江何氏大宗祠。据万江作协主席侯平章介绍，区区万江一小镇，祠堂竟达六十多家，很多都是省、市级文物保护单位，比如何氏大宗祠。这些祠堂当然不仅仅是族人祭祖之地，也是一个家族繁衍兴盛的缩影，更是乡村秩序的一种最原始表达。

几千年的历史长河中，中国最底层的乡村秩序，首先便是最小家族单元秩序的和谐。《礼记·大学》曰："古之欲明明德于天下者，先治其国；欲治其国者，先齐其家；欲齐其家者，先修其身；欲修其身者，先正其心；欲正其心者，先诚其意；欲诚其意者，先致其知，致知在格物。物格而后知至，知至而后意诚，意诚而后心正，心正而后身修，身修而后家齐，家齐而后国治，国治而后天下平。"可见，以家为元素而聚集的家世宗祠，成为整个社会乡村秩序的一个背影。

那么，沿海的福建、广东地区何以集中出现那么多宗祠？

沿海地区一直远离中原政治、文化中心，政权争夺极少在这里发生。地理位置的偏远和地形上的优势，使得这里的人们累世而居，许多风俗和信仰都较完整地保留了下来。不仅如此，他们还在漫长琐碎的日常生活中，不断发展和丰富了一些人文风俗，并以一个个家族和一个个宗祠的形式，遍布南方各个村落，从而逐步形成了具有明显地域特色的南方信仰。

一个有着几十间宗祠的万江，就这样走进了我视野。一个有着千年历史的大汾村，就这样走进了我视线。一个有着五百年历史的何氏大宗祠，就这样走进了我心里。而我，也试图从何氏大宗祠的入口，走进她内心深处，去探寻、解密南方信仰背后的密码。

一

何氏大宗祠是一处建于明代的家族祠堂建筑，属于何氏家族祭祀祖先和先贤的场所，距今已有五百年历史。

五百年，在我国上下五千年的历史长河中，自然只是惊鸿一瞥。事实上何氏家族的历史渊源，则可以追溯到两千年前的始皇时代。彼时韩王安被劫掳，国破家亡，瑊与其妻流寓庐江，操舟为业。其后，始皇出游博浪沙被人袭击，疑六国公子所为，而通令全国暗访六国之后，欲斩草除根杜绝后患。秦吏密察居民姓氏。一日，一吏登上韩瑊之船询问其姓氏，适天气寒冷，韩瑊指水戏称"此为吾姓"。意以水寒喻韩。吏不悟，以为是指"河"为姓，瑊说姓氏当从人。吏离开，瑊安然无事。后得知为秦令查询，惊骇不已，喟然长叹：幸有上天保佑，吾家才幸免刀锯之难，"乃拜何字之赐，遂以何姓"。韩瑊遂定居庐江，勤耕苦读为业，家道日隆，形成了一支何氏。

上述典故道明了何氏先祖与韩姓的渊源，亦即如今所流传的何韩一家。不仅如此，典故还向我们显示了何氏先祖的机警睿智，以及血脉里流淌着的"耕读""感恩"基因，为后来何氏家族开枝散叶逐渐兴盛鼎盛，定下了基调。

何氏大宗祠虽然仅仅五百年历史，但它所在的大汾村则发端于南宋绍兴年间，距今已近千年。众所周知，一个家族只有发展到一定程度，才有可能举家族之力兴建宗祠。宗祠的发展，不仅仅取决于人丁兴旺的程度，更得益于经济上硬实力和文化上软实力的叠加。

很显然，大汾村何氏家族的兴起至少是在公元 1161 年之后。换言之，何氏家族在经过三百多年的繁衍与生息，才开始兴建何氏大宗祠。三百多年是一个什么样的概念？至少是十几二十辈人的努力，才使得一个家族发展到兴建祠堂的程度。

珠江水系干流之一的东江，发源于江西，流经寻乌、龙川、河源、紫金等地后，在东莞万江处分流。众水分流处，必有沼泽丰腴之地。大汾就在历史上某个特定时期，在南方以南这个叫万江的地方诞生了。

而何氏家族却是循着庐江水流，自安徽中部庐江一带辗转来到广东地区的珠江水域。就这样，庐江与东江两种不同水域的文化碰撞在一起。人往高处走，水往低处流。这一高一低，彰显出的是何氏家族曾经拥有的辉煌过去，以及未来发展的前景。一边是铭记那段祖辈辉煌的历史，和那段不堪回首的岁月。两相交织而碰撞出的，正是何氏家族千年以来内心奔腾不息的希冀。

稍做留意，我们还会发现何氏家族自大汾开疆辟土以来，不仅在农耕上有所拓展，而且将传统的农耕文明向前推进了一大步。主要体现在他们把传统文明精髓和当下的践行结合起来，几乎发挥到了极致。在这里，何氏家族在道德和人文两个方面，起到了牵引力般的作用。大汾村也因此一度成为古代东莞四大名乡之首。

道德规范方面，最具代表性的自然就是《大汾何氏祖训格言》，以及五窓公（何遵武）的《何氏族规》和八世祖何遵时的《六箴释语》。尤以八世祖的《六箴释语》更为细致。分别从孝顺父母、尊敬长上、和睦乡里、教训子孙、各安生理、毋作非为六个方面做了详尽的规范和诠释。

道德行为的规范，首先从思想意识上将整个大汾何氏家族关联在一起，并指导他们日常生活中的言行举止，使得整个家族有了自己的族魂。而族魂自始至终的贯穿，又使得所有族人从量的不断积累，直至发生质的变化。这种变化首先便是人文逐步达到鼎盛状态。

何氏大宗祠里展示的资料显示，自明朝何卫布政使司开始，一路下来，何氏为官为文成名者就有近百人。文化、科举二者皆盛，其言不虚也。不仅如此，他们还涉猎诗、画、书，且出了不少杰出的艺术家。中国传统农耕文明最精华的部分，在这个叫大汾的南方水乡得以完整而立体地体现。

整个大汾，目前尚保存有明清时期功名碑三十七块。仅明代就有成化、正德、嘉靖、崇祯四个年号的功名碑，功名碑均为花岗石雕刻，均为族人为本族考取功名之读书人所立。这里面，何氏占据了非常重要的版图。

二

如果单看大汾村何氏家族这份成就单，与文化信仰并无太大区别，无非将中国的农耕文明很好地传承下来而已。比如，该村一年一度的龙舟节，每年五月初四的龙舟日，敬老千叟宴，大汾粤乐社，等等，都是传统文化在这里最生动的表达。

但是，只要稍做留意，便会发现一个有趣的现象。在宗祠荟萃的大汾，还存在相当数量的庙宇。大汾邻村人曾言："唔怕大汾人，最怕大汾神。"大汾全村长约五公里，人口近万人，神庙居然有三十多间，真正的人神共居。有道是，这边厢捧着卷卷诗书人文鼎盛，那边厢跪在神灵殿前祈祷风调雨顺，亦算得上是别样风景。也只有在南方这块兼容并蓄的土地上，才见得到如此景致。

除却神庙外，大汾还有很多桥。当然，这里水乡交错，阡陌纵横，桥是必须的景致。问题的关键点在于，这些桥多数都是何氏家族个人捐建而成。古语云：建桥修路乃行善积德终有善报。何氏家族不仅信奉儒家思想的因果，更是将其发扬光大。因此，大汾的神庙分类特别具体。祈求开枝散叶的有观音庙；求财的有玄坛，人文的有文昌庙；还有将民族英雄尊为神的康王庙、红花庙、三将庙，等等。可以说，他们可以根据自己的实际情况，各取所需，各拜己神，百花齐放。

南方人非常清楚自己想要的是什么。而且只获取自己想要的那部分。至于别人所需所求，则并不关心。或者说，不太关心。

颇有韵味的是，何氏大宗祠又称"萃涣堂"，取《易经》中有聚有散的意思。其后殿神龛上供奉萃涣堂历代祖先神位，其中最上面的一位叫何邦俊，他元朝时居住莞城蚝篱贝，学问渊博，何真起兵两广时，礼聘他当幕僚，他和朋友都认为"何真乃一勇之夫，不能成大业"，于是举家迁往大汾村躲避，于此地经商。他生了八个儿子，是萃涣堂的始祖。

有聚有散，实则是一面明镜，高悬在何氏家族头顶。现实生活中诸如不舍不得好聚好散等中国传统文化的精粹，或许三岁小孩都知道，一旦行动起来便有了高下之分。教化他人易，轮到自己并非轻易就能做得到。于是，便有了王阳明的"知行合一"。萃涣堂这面时时刻刻高悬在何氏家族头上的明镜，便烛照着他们将"有聚有散"贯彻到自己的日常生活中去，因此便有了那么多修桥筑路的善举，在赋予大汾道路和桥梁诗情画意的同时，也极大地丰富和发展了他们整个家族的南方信仰。

三

一如前文所言，大汾村何氏家族有着中原文化背景的文化信仰，但她毕竟长期生长在珠三角这块临近海洋的沃土上。珠江水域，特别是东江水域一路悠悠而歌，与毗邻的海洋文化交融，便有了区别于北方的南方信仰。

与北方庙宇或者宗祠的高高在上相比，南方如大汾何氏大宗祠，就如同南方人低调务实的品质，极富人情味和烟火味。

当我们一行抵达何氏大宗祠后，管理该宗祠的人员还未开门。时间已是上午十一时许，依惯例无论有无游客，都得准时开门。在问过相关工作人员后得知，宗祠并无固定上下班时间，具有不小的"弹性"。但若遇到家族大型祭祀活动，或者其他一年一度的常规性活动，他们不仅要提前上班，还得加班加点。

管理员打开大门后，还要打开一道厚实的木制门槛。这道门槛居然高达一米多，一般人是跨不过去的。早年间乡下常说的你家门槛太高，咱家进不来。现代人自然不太清楚一米多高的门槛，在古代意味着什么。只要稍做古今身高的对比，便可断定何氏大家族，在几百年前已属于名门望族之列了。

果然，进得天井口，平章兄就向我们介绍宗祠脊顶那个圆圆的轳辘。所谓门当户对，其实就是门槛的高低和屋脊饰物的两相结合。略显遗憾的是，在问过不少人且上网搜索后，一直没能弄准确这个名词的最佳表达形式。据说，中国古建筑极讲究，无论是屋脊的高度还是进深和开间的尺寸，抑或门楣的高度和宽度，等等，都有固定的尺寸。特别是门槛和屋脊格外严格，尤以屋脊格外复杂。屋脊又分为正脊、垂脊、博脊、角脊、戗脊、元宝脊、横屋脊、圈脊等。一般的饰物有龙、凤、狮子、天马、海马、狻猊、狎鱼、獬豸、斗牛、行什。说实在的，这些奇形怪状的东西，通常我们就认识前几种，后几种不仅不认识，甚至不曾听说过。

现代建筑早就抛弃了这些繁复的古文化元素。他们的注意力早转移到高空，将主要精力放在防雷防风防地震身上去了。

在东莞，在万江，在大汾，你会看到与北方不一样的宗祠风景。老年人都会集中在自己宗族祠堂内，进行各种各样的活动，或是琴棋书画，或是健身娱乐，或是吹水车大炮。总之，在这里，祠堂和它的子民们相当融洽。

北方多山，南方多雨。如果稍做留意，便会发现"水"几乎充斥了所有南方人的生活。生活在这片土地上的南方人，希望自己的财富可以像水一样多。工资叫"薪水"，抽取佣金叫"抽水"，给人留余地叫"放水"，小问题叫"湿湿水"，很多钱叫"沓水"，威风八面叫"威水"，闲话多叫"口水"，被人骗了叫"水鱼"，交钱叫"磅水"，提供消息叫"通水"……

水，就像身体里的血脉，她可以贯通到人体的每个细小位置。体现出的是柔美通达，即如南方人的性格，柔性占据了主要成分。这种柔，同样是骨子里的。它最大的特点就是不具备攻击力，却有很强的自我保护能力。就像他们的信仰，既建立在中原文化的基础之上，又在长期的生活中进行改良，在南粤这片土地上，繁衍成一片独特的文化景观。

有话要对鲁院说

　　相信坐在中国文学最高殿堂鲁迅文学院教室里的同学，和我此时此刻的心情一样，有很多话急着要对她说。要知道，这可是多少逐梦文学者的梦寐之求啊。想起二十多年前，我曾在她眼皮底下晃荡过一阵子。时光荏苒，在红尘中辗转多年后的我，真真切切就坐在鲁院五楼教室某个座位上，竖着耳朵聆听着国内顶尖老师们的精彩授课，生怕漏了半句。

　　严格说来，那时的我还是一名懵懂而狂热的文学青年，为追寻那个缥缈的作家梦，从遥远的恩施少数民族地区，坐汽车挤火车几十个小时才来到北京。多年后的我，一直试图琢磨出一个最适合的词语来表达当年艰难转身这个动作，最终还是力有不逮。如今，年近半百的我，坐在鲁院的教室里，才真正体悟到，当年何等艰难的一个转身又岂能是一个简单的词语就能涵盖？

　　确切点说，也根本没想到资质愚钝如我，居然就真能在文学上整出一点小小的响动，还能衣锦还乡一般再次回到那个令我愁肠百结的鲍坪。时至今日，依然清晰地记得当年在人流扎堆的宜昌火车站上车时，那飞一般的速度。在车门前那艰难的一跃，几乎穷尽我二十多年山里生活历练出的穿越速度和攀爬技巧，可最终还是在强大的人流面前显得不堪一击。我唯一的远征家当———床打包的棉被，还有母亲为我煮熟的那截尚存余温的腊蹄肉，几乎就在一瞬间，便被一股人浪挤丢了。

不知道是怎样被人流裹挟着进入人挤人人挨人的车厢的，也不记得历经了怎样的闷热和窒息而抵达北京。所幸，攒在手里的包还在，包里的书还在。如果不是后来几个月似人非人的工地生活，如果不是后来坚守文学且小有成绩，恐怕那几本书的价值，也被这生活给吞噬无痕。而今想来，对于一个曾在三尺讲台上吃过几年粉笔灰的人来说，那几本书几乎就是当时我对抗所有困境和迷惘唯一的精神支撑了。

《青春骊歌》，相信绝大多数人都没听说过它的名字。可它曾经那么真实而又具体地给予我温暖和动力，仅仅因为这本选集里就有我们《小江南》民族文学社最亲密的光源。还有那本装帧和设计如今看来有点像盗版书的小说集《不要惊醒死者》。它的作者是邱华栋，就是眼下鲁院的副院长。这是他在武汉大学读书时出版的第一部小说集，今天看来或许尚显稚嫩，可当年对于一名文学青年精神上的慰藉谁又曾估量得到？应该说，我与鲁院的情缘，应该就始于二十几年前的这本书。

遗憾的是，这本书在以后不断的辗转迁徙中，早就不见了踪影。欣慰的是，辗转多年后的我，居然在南方一座叫中山的小城有幸见到了这位心仪已久的名家，进而有了交往。不承想再过数年后，他做了鲁院领导，而我则成为鲁院学员。这或许就是命中注定的缘分。而促成这种缘分的契机，无疑要记在文学的头上了。这么多年来，我们都在向着同一座山峰攀爬迈进。现在，一个即将登顶，另一个还在山脚下，甚至刚刚启程。他成了我仰视的驿站或者里程碑。我沿着他那踏实的足迹，一次又一次补给能量，一步又一步攀爬迈进。

我人生第一次到北京落脚的地方叫管庄。正月的北京，干冷的北风，夹着细密的黄沙，抽打着脸面，也无情地猛钻我那单薄的裤管。攀爬在冰冷的铁架上，我在猎猎寒风中，一步一步艰难上升。环境、生活习惯以及身份的急剧转换和改变，让一个激情剧烈燃烧的青年，在那段时间经历了身体上和心理上的嬗变。正如后来我在散文《管庄》中所写的那样，我一下子掉进了冰窟窿，只感到周身冰冷，无边的落寞和寂寥，任由头发和黑胡须疯长。直到两个多月后，才从工头那里得到一笔可怜的预支工钱，去理发店彻底修理一番，这才依稀找回从前那个模样。

记得工地有个叫郭民章的四川人，他是建厂局正式工，家住离常营不远的双桥。他初中刚毕业的儿子也跟我们在一起干着架子工的活。平时，郭民章见我和另外一个戴眼镜的兄弟不像其他人，从工地回来尽管累得散架，还就着铁架子床写写画画。也许他从我们身上看到了一种力量，打心眼里疼爱我们。收工较早的那天，他邀我们去他家打牙祭改善生活。我永远都不会忘记路经鲁迅文学院门口的那个下午。那天的斜阳与平时并无二致，但我那个蓦然的回首，在二十几年后的今天依然记忆如昨。载我去郭民章家的是他儿子还是另有其人，已不记得了。重要的是，载我的单车在路面洼地上的一个蹭蹬，我跟着剧烈摇晃的那一霎，瞥见了熟悉不过的五个大字：鲁迅文学院。那五个字，就像烈日在玻璃上的反射，让我眼前忽然晃过一阵晕眩，然后便是一阵短暂的黑暗。

那个记忆里无法泯灭的夜晚，我第一次醉得连出门的方向都摸错了，踉跄的脚步居然又准确无误将我带回工地宿舍。我抱着水龙头一阵狂饮，然后倒在硬硬的铁架子床上，一直睡到了第二天下午。

三个月后的我，决意告别北京去南方开启自己下一段旅程。

从此，我就在南方一座叫中山的小城安营扎寨。其间，我做过水泥搬运工、小包工头、仓库管理、交通工程施工人以及行业刊物主编。一眨眼，二十多年就被我扔在了身后的南国。其间的酸甜苦辣个中苦楚，就更是一言难尽。之所以我一直坚守着文学初衷，我想，这与我日渐安静的内心是密不可分的。文学之于我，已不再是衡量我是否真正成功的唯一标准。岁月的蹉跎，人世的参透，夜以继日地为我源源输送宁静的营养液。我可以马拉松一般坚持在写作的路上，却不再那么迫切关注跑道两旁的鲜花和掌声。

然而，某一天当我收到鲁院的入学通知，即将要开启人生中后半程的新旅程，多少还是显得有点心慌和迫不及待。这种心境，首先当来自灵魂深处对文学殿堂的敬畏和神往，紧接着又是对于能否成行的深度忧虑。四月是我们这个行业一年中最为忙碌的时节，即便领导破例，自己也心有不安。这么多年来，何曾想过此生能在这个季节，回到千余公里外的乡下在父母坟前烧个纸钱磕个响头？

而现在的我，真真确确坐在了鲁院的课堂里。如果父母泉下有知，他们定然不会怪罪于儿。他们是一年到头就巴望我回去看望他们一次的"空巢老人"。即便是这一点都不过分的小小行动，我也从未做到过，哪怕仅仅的一次啊。这多年来，他们早已习惯了空守和寂寞。天堂那边的父母自不知鲁迅为何人，但他们一定会懂即将知天命的我，还能坐在中国文学的最高殿堂里，一定是个为他们脸上增光添彩的儿子。

四月的北京，春暖花开，杨柳依依。我比三十几年前求学时更为虔诚地坐在格外温暖的教室里，我用比这几十年沧桑风雨更为平和的心态，去迎接我人生中这来之不易的学习机会。每每夜深人静，我就会一个人躺在床上，细细检阅这二十几年来走过的风雨历程。特别是回想起那年在北京与鲁院的短暂邂逅，就有一种复杂的感情和唏嘘，倍感文学之路犹如攀登珠峰，要想登顶何其之难，但这次难得的学习，不管最后的收获究竟有多大，我都有收获的决心和勇气，这是无疑的。